HÔTEL DE LA FOLIE

Du même auteur

La Captive de Mitterrand
prix Roger-Nimier
Stock, 2014

L'Autre Rimbaud
prix SGDL Révélation
L'Iconoclaste, 2020

DAVID LE BAILLY

HÔTEL
DE LA FOLIE

ÉDITIONS DU SEUIL
57, rue Gaston-Tessier, Paris XIXe

En exergue : Aharon Appelfeld, *Mon père et ma mère*, traduit de l'hébreu par Valérie Zenatti, L'Olivier, 2020.

ISBN 978-2-02-148991-0

© Éditions du Seuil, août 2023

Le Code de la propriété intellectuelle interdit les copies ou reproductions destinées à une utilisation collective. Toute représentation ou reproduction intégrale ou partielle faite par quelque procédé que ce soit, sans le consentement de l'auteur ou de ses ayants cause, est illicite et constitue une contrefaçon sanctionnée par les articles L. 335-2 et suivants du Code de la propriété intellectuelle.

www.seuil.com

Pour César

La création est toujours liée au mystérieux regard de l'enfant en soi, dont l'empreinte ne peut être transformée par aucune ruse littéraire.

Aharon Appelfeld,
Mon père et ma mère

La fenêtre de la cuisine, ses battants grands ouverts. Le vent glacé. Tes pantoufles sur le rebord du balcon. Tu t'es jetée et je hurle. Quelques minutes après – que s'est-il passé durant ce laps de temps ? –, j'aperçois par l'entrebâillement du portail ton corps chétif étendu dans la courette. Je n'ai pas le courage de m'approcher, de regarder. Il fait nuit et s'imprime à jamais cette date : sept décembre mille neuf cent quatre-vingt-sept.

Tu m'as quitté, Pià Nerina. Tu m'as dit
débrouille-toi, tu es un homme à présent.
Tu me fais payer mon ingratitude, ma lâcheté, mes mots stupides tout à l'heure. Toi, ton mètre cinquante-sept, plaquée contre un mur, lunettes brisées, et moi, pas un geste pour te défendre.
Tu m'avais dit

je vais le faire.
Je t'avais suppliée
ne le fais pas.
Tu hésitais. Te jeter sous une rame ? Te balancer d'une terrasse publique ? Celle du Claridge, sur les Champs-Élysées, te tentait beaucoup, je t'avais entendue le dire à maman dans le salon.

Le lendemain matin, dans le taxi pour l'école, la chanson de Suzanne Vega, *Luka* :
My name is Luka/I live on the second floor/I live upstairs from you/Yes I think you've seen me before.
L'histoire d'un gosse, d'un appel au secours.

Avant que tu sautes, plusieurs fois je m'étais dit *ma vie je ne la souhaite à personne, pas même à mon pire ennemi.* J'étais très content de ma formule. Bien sûr c'était stupide, surtout dans la bouche d'un gosse qui vivait avenue Montaigne, dans *le triangle d'or* comme le rabâchait maman. Et puis je n'avais pas de pire ennemi, ni d'ennemi tout court d'ailleurs, mais c'était comme ça que je voyais les choses. Dans la classe, avec les copains, on chantait *We Are the World*, on pleurait sur les enfants éthiopiens qui n'avaient rien à manger. *Vous ne vous rendez pas compte de la chance que vous avez !*

Mais je n'arrivais pas à m'en rendre compte, de la chance que j'avais. Je ne t'en voulais pas, Pià Nerina, je voyais bien que tu n'y étais pour rien. Il aurait fallu tuer maman et je n'étais pas prêt. J'attendais, j'échafaudais des scénarios : me glisser dans sa chambre le matin, pendant qu'elle dormait, presser un oreiller contre son visage. J'avais lu quelque part – peut-être dans un Agatha Christie – que ça ne laissait pas de traces. On s'y serait mis à deux, l'empêcher de se débattre... L'affaire de cinq minutes.

Toi, tu as eu de la chance, tu avais Pyrrhus.
Cette phrase a été de celles que j'ai le plus souvent entendues à la maison. Maman ne cessait de la répéter et toi tu ne répondais rien. Je ne savais pas qui était ce Pyrrhus, je ne l'avais jamais vu et tu ne m'en avais jamais parlé. Mais je comprenais à la façon dont maman prononçait cette phrase, un ton à la fois admiratif et envieux, qu'il avait joué un rôle déterminant dans ta vie. Plus précisément, le sens de ces mots s'éclairait chaque année un peu plus, il n'était pas pour rien dans notre situation matérielle.
Pyrrhus... Pyrrhus... Je ne me souviens pas l'avoir imaginé, son visage, son allure. Ai-je été jaloux ? Je ne le crois pas. Pyrrhus était un prénom, voilà tout, celui d'un homme qui s'était montré généreux avec toi, et, ne serait-ce que pour cela, je n'avais rien à lui reprocher. Mais il ne m'intéressait pas. Nous vivions ensemble, inséparables, et ton passé, parce qu'il n'empiétait pas sur nos sentiments, ne me dérangeait pas.

À vrai dire, tu n'aimais pas en parler, de ton passé. Je te posais peu de questions mais je voyais bien... tu rechignais, tu esquivais. Je regrette de ne pas avoir insisté. Quand tu es partie, j'ai réalisé que je ne connaissais rien de toi, de ta vie. Ta famille ? Inconnue. Ton enfance à Naples ? Inconnue. Tes amants ? Inconnus. Où avais-tu vécu ? Avec qui ? La guerre ? L'appartement ? Nous avions passé près de quatorze ans côte à côte, dans une intimité que j'ai renoncé à retrouver avec quiconque, et à ton sujet je n'avais pas le moindre petit bout d'histoire. Tu m'as laissé ainsi, sans épopée pour me nourrir, sans ces anecdotes qui font la joie des repas de famille, sans un récit, même minuscule.

Mais peut-être que j'ai tort, peut-être que tu m'as tout dit – de quoi sinon avons-nous bien pu parler durant toutes ces années ? –, et le choc de ton départ aurait tout effacé, réinitialisé ma mémoire.

À quoi bon se rappeler les choses mortes, tout ce qui ne reviendra pas, ta peau sombre, tachetée de soleil, ton odeur fétide le matin, ta voix rocailleuse, ta cuisine à l'huile, tes crises d'asthme, la nuit, qui me fichaient la trouille, le goût de tes *melanzane* ? À quoi bon gaspiller son temps quand il faut songer à l'avenir, construire, tenir sa place ? Mais l'avenir ne me dit rien. Mon regard est tourné vers le passé, vers toi. Tu n'as pas idée de tout ce qui a disparu depuis ton départ. Le marchand de journaux, en face de notre immeuble, le pressing juste après, le bureau de poste de la rue de la Trémoille, les cinémas des Champs-Élysées, le Gaumont, le Normandie, où tu venais me chercher le dimanche, cette boutique de fourrures, Rebecca, rue Marbeuf, la pizzeria La Mamma et son vieux four en briques, le Codec au coin de la rue du Boccador... tout a été englouti, et si je ne fais pas l'effort de t'écrire aujourd'hui, c'est ton visage, ta voix et aussi ton histoire qui le seront à leur tour.

Sur la table à manger, des photos de toi étalées un peu partout. Je les scrute une à une, à la recherche d'indices, de pistes, d'indications manuscrites. En vain. Les hommes et les femmes à tes côtés sont autant de fantômes impuissants à m'émouvoir. Leurs figures ne m'évoquent rien, et si leur présence m'intrigue – qui sont-ils pour toi ? –, elle me laisse froid. De temps à autre, la mention d'un photographe – *Feneyrol, Neuhauser* – ou d'un lieu – *Ischia, Cortina d'Ampezzo, Saint-Moritz, Nice, Cannes...*
Sur chaque cliché, ton visage, grave ou détendu, irrigue l'espace. La Pià Nerina des années trente m'éblouit

– peut-être parce que je sais la fin de l'histoire, comment as-tu pu en arriver là ? –, et cela me déchire le cœur. Je te trouve superbe bien sûr, mais c'est plus que ça. Je veux te rencontrer, te connaître, rire avec toi, dans ces brasseries que tu fréquentes, te faire danser, te raccompagner au pied de l'Hôtel d'Angleterre, ce meublé un peu louche près des Champs-Élysées que tu occupais en attendant mieux.

Tes photos sont un leurre : elles racontent une vie merveilleuse, sublimée, de villégiature en villégiature, de fêtes en moments de joie. Tu donnais le change, solaire et exubérante, à ton aise quand il s'agissait de prendre la pose. Si sûre de toi que je peine à faire le lien avec la grand-mère que j'ai aimée. Ma frise retrace *la grande vie* d'une femme séduisante et séductrice : les voitures de luxe, tes coiffures spectaculaires – cascades de boucles volumineuses –, tes tenues élégantes – fourrures, robes de soirée, pulls en cachemire… Mais moi je sais ton avarice, ta peur de manquer, ton horreur du gaspillage. Je sais tes

ne prends pas froid, aller chez le médecin ça coûte de l'argent.

Les conserves périmées que tu refusais de jeter. Tes ruses pour ne pas payer le bus, le métro.

Tu fais semblant d'avoir perdu ton ticket, à ton âge ils vont rien te faire disais-tu en me montrant comment passer sous le tourniquet. Et quand tu te faisais attraper, tu prenais un air si ahuri que les contrôleurs n'avaient plus le cœur à te verbaliser.

À la maison, les cadeaux étaient rares, et les jouets davantage. Quant aux vacances, il n'y en a pas eu. Conserver ton capital, le protéger d'une gestion ruineuse de maman, c'était ton obsession. Non, ces photos ne racontent pas tout, et certainement pas ta discipline, ton sens de l'économie, sou après sou. Elles sont là cependant, et comment ne pas revenir vers elles, seuls témoignages de la femme que tu étais ? Une centaine de clichés en tout et pour tout. Restituer quelques moments de ta vie à défaut d'en saisir le fil.

Première photo, 1918, dans une barque avec tes frères, port de Bagnoli, près de Naples. Tu as onze ans, tu ressembles à un garçon et déjà tu as ce regard dur que je retrouverai par la suite.

Dernière image, 1987, dans notre chambre, à Paris. Tes yeux exorbités racontent l'histoire d'une femme vaincue, effrayée, sans défense.

Dans mon diaporama, tu aimes te baigner, skier. Tu es fière de ton corps souple, d'une finesse insolente, tu le mets en valeur sur les plages de la Riviera, dans des maillots osés pour l'époque. Tu as *du chien*. Tes yeux sombres, d'une acuité envoûtante. Ton sourire narquois. Il y a aussi ton nez, et je ne comprends pas pourquoi l'avoir mutilé par la suite si ce n'est pour marquer ton embourgeoisement, devenir la femme respectable que tu avais rêvé d'être, tandis que tu quittais le monde des meublés pour ta prison de l'avenue Montaigne.

Tant de mystères, et comment les percer ? Me voici devant une société inconnue, emportée par le temps. Qui est cette grande, cette épaisse femme blonde que l'on voit sur plusieurs clichés ? Elle semble se servir de toi comme d'un appât. Dans une brasserie, tu lui entoures la taille, tu lui tiens la main comme à une sœur. Et cette autre femme au ventre flasque avec qui tu poses sur un bord de mer ? Et pourquoi, au dos de cette photo, maman – je reconnais son écriture – a-t-elle écrit en lettres capitales : *CRÈVE SALE YOUTRE* ?

Je mitraille ma frise. La contemple à l'excès. Comme s'il me suffisait maintenant de raconter ta vie à la façon d'un roman-photo, cliché après cliché, en m'efforçant de suivre un ordre chronologique. Uniquement de ton fait seront mes erreurs puisque tu n'as pas daigné écrire, dater, préciser les lieux, penser à ceux qui viendraient après toi, à ceux qui un jour s'intéresseraient à ton cas. J'ai tâtonné, je me suis fié à tes expressions, à ton nez – avant et après ton opération –, à tes tenues vestimentaires – avant et après ton arrivée à Paris –, à la couleur de tes cheveux – ta période blonde et ta période brune. Tellement de visages de toi...

Après autant d'années à te chercher, après avoir visité les endroits que tu as traversés, passé au crible toutes les archives possibles, des actes hypothécaires les plus banals aux rapports des Renseignements généraux, je crois profondément que cette absence d'indications fut un choix délibéré. Je ne compte plus les fausses adresses, les fausses dates de naissance, ton faux mariage. Tu fuyais, les flics, les gens de la Mondaine, les concierges trop curieux, les impôts… Et moi aussi, peut-être. Tu te méfiais de mon obstination, de mes obsessions. Tu ne voulais pas qu'on sache.
Mais savoir quoi ? Pyrrhus ?

Dîner en tête à tête, toi et un homme en smoking. Le visage de ton compagnon a été gratté, arraché jusqu'à disparaître entièrement. Qui a fait ça ? Toi ? Maman ? Pour ne pas compromettre l'homme en question ? Ou le punir, le rayer de ta mémoire ? Le profanateur a mis de l'ardeur à la tâche et le résultat est saisissant, superposition d'un rose délavé, marronnasse, sur un cliché en noir et blanc. Ton nez ainsi qu'une partie de ta bouche ont également été gommés. Amputation que je retrouve sur quantité d'autres photos. Je pressens que maman n'y fut pas pour rien, elle qui me répétait à l'envi
tu ressembles à un juif, il faudra te faire refaire le nez.

Le repas a lieu dehors. Un beau jardin, une scène estivale. Sur la table, un bouquet de fleurs, un seau à champagne et une bouteille ouverte. Tu portes une tenue légère, bras et cou dénudés ; une étoffe fine et soyeuse sur les épaules. Tu es encore dans ta période blonde, et j'en déduis que ce dîner se tient avant le 12 avril 1936 – date mentionnée au dos d'une autre photo, sur la promenade des Anglais, qui marque le début de ta période brune.
Tu as la mine contrariée. C'est rare. Tu t'ennuyais ce soir-là ? Ou bien es-tu agacée par ce photographe surgi

au mauvais moment ? Vous ressemblez à un vieux couple, ton ami et toi. Lui paraît prendre une pose un peu solennelle et toi, tu fais la gueule. Dis, qui est-il, cet homme dont on a jugé nécessaire d'effacer la présence ? C'est lui, le fameux Pyrrhus que tu as eu la chance de rencontrer ? Un homme public ? Un homme marié ? Pourquoi alors a-t-il accepté de poser à tes côtés, de prendre ce risque ?

Maman est morte.
Ce jour, je l'espérais, je le craignais.
Maman est morte et je ne sais pas si je suis triste ou soulagé. Ou si je ne ressens plus rien. Ne pas souffrir en disant
maman est morte
c'est être anormal. Inhumain. Combien de fois ai-je été regardé comme un moins-que-rien, un type de qui il fallait s'écarter, parce que j'osais dire à qui me posait la question
je n'aime pas ma mère.

Son visage embaumé, vidé de sa colère. Cheveux trop peignés – elle qui ne supportait pas qu'on la coiffe –, les joues creuses.
Ce cadavre, c'est maman et ce n'est pas maman.

HÔTEL DE LA FOLIE

Je l'embrasse, un peu effrayé, réticent. Cette impression désagréable : elle va se réveiller, ouvrir les yeux.
Je crois l'entendre respirer.
Ma main sur son ventre gonflé. M'assurer qu'on ne m'a pas trompé.
Maman est morte.

Aux funérailles de maman, j'ai prononcé un discours. J'y disais mon sentiment d'avoir vécu dans un huis clos. Sur mes photos d'enfance, il y avait toujours ce trio : toi, maman et moi. Le monde extérieur était un décor, il n'existait pas vraiment. Des autres il fallait nous méfier : les maîtresses, les voisins, les vendeurs dans les magasins. Jamais nous ne nous mélangions, jamais je n'étais autorisé à me rendre en week-end chez des copains. La vie tournait autour de l'appartement, de ce pâté de maisons où se succédaient le Plaza-Athénée, le bijoutier Harry Winston, le restaurant Le Stresa, de ce bunker où jamais l'on n'entendait le rire d'un enfant, seulement le vrombissement des Porsche, des Ferrari, des Maserati venues se garer dans la contre-allée de l'avenue Montaigne.

De ce huis clos, des souvenirs qu'il m'en reste, ce que je retiens à présent, c'est cette sensation d'enfermement, et bien sûr la violence de maman. Plusieurs fois il m'a été dit *il faut pardonner*. Avec cette justification, peut-être pas fausse : on ne construit rien de valable, de durable, sur de la rancœur ou de la haine.

(Mais à quoi bon pardonner quand on sait que, si tout devait recommencer, tout recommencerait de la même façon ?)

Quand j'ai appris que maman avait été admise à l'hôpital Ambroise-Paré, à Boulogne-Billancourt, quand, dans un bureau traversé d'une lumière de fin d'été, le professeur L. m'a dit
le foie est très abîmé, c'est une question de semaines
je n'ai pas hésité, ma place était à ses côtés. Cela peut te paraître inouï, comme cela me paraît inouï après tout ce qui est arrivé. Durant son agonie, maman et moi nous sommes vraiment parlé pour la première fois. Et ce discours, à l'église Saint-Honoré-d'Eylau, j'ai pu le conclure du pardon que je disais lui accorder. J'ai beaucoup hésité à prononcer ces mots, et encore aujourd'hui il m'arrive d'y repenser.

T'ai-je trahie ?

Comprends-moi bien, Pià Nerina, je pardonne pour moi, uniquement pour moi. Mais jamais tu entends, jamais je ne me serais permis de pardonner ce qu'elle t'a fait. C'est aussi pour ça que je t'écris, pour que soit enfin consigné le récit de ta disparition. Cette lettre est ma déposition. La pièce principale d'un dossier criminel.

Vider l'appartement de maman, *votre* appartement puisque tout ici me rappelle ta présence.
Tâche herculéenne. Piles de papiers gigantesques, éparpillées un peu partout, coupures de journaux par milliers, masse monstrueuse de cahiers, de livres, de dossiers... revues de décoration, revues patrimoniales, revues d'astrologie, revues politiques... pas un centimètre carré de libre sur la moquette puante, maculée de taches de vin, de cendres, de vomissures... Les murs se désagrègent, le plafond de la cuisine s'effondre, la baignoire et les toilettes encrassées donnent la nausée.
Trente ans que tu n'es plus là et ton capital part à vau-l'eau, Pià Nerina.
Les meubles débordent, craquent, étouffent...
Poubelle !
Le chiffonnier, le secrétaire japonais, le bureau Empire...
Poubelle !

Ils en crèvent, et ça schlingue, la paperasse, les dossiers hémorragiques...
Poubelle !
Une marée noire... des millions de feuilles, et pas une fois les mots *joie*, *joyeux*, *heureux*...
Poubelle !
Tout décortiquer, page après page...
Poubelle !
Des nuits entières à crever de froid...
Poubelle !
Trouver un signe, un indice de bonheur dans ce flot indigent...
Poubelle !
La lettre d'un amour adolescent...
Poubelle !
Une photo d'anniversaire...
Poubelle !
Une preuve – juste une ! – d'un élan désintéressé...
Poubelle !
Mais pas de lettre enflammée...
Poubelle !
Pas de serments, pas de promesses...
Poubelle !
Relevés de charges ! Relevés bancaires ! **Opérations immobilières ! Actes hypothécaires !**

Poubelle !
Seules traces de vos vies abîmées...

Puis, au fond d'un sac plastique, noyées sous des manuels de voyance, de vieilles cartes postales à peine jaunies, images de joueurs oubliés, noms resurgis du passé, Christian Lopez, Gérard Janvion, Loïc Amisse... Papiers prêts à se déchirer, fragiles comme des rétines, mots griffonnés, ton écriture tremblotante, tes paroles tendres... Mes yeux, enfin, se brouillent de larmes.

Mémé, tu me manques beaucoup. Je pleure le soir en ton absence. Pourras tu m'écrire ?
ton cher David

Paris le 5-6-85
Mon cher petit David
Ce matin je suis allée à l'école et j'ai lu que vous étiez bien arrivés. J'espère que tu n'as pas été malade pendant le voyage. J'étais très triste quand je suis arrivée pour t'embrasser encore une fois. Le car était déjà parti.
Écris-moi.
Mémé

Le 10/6/85
Chère mémé,
J'ai bien reçu ta lettre. J'espère que maman ne te pose pas de problème, si elle t'en pose, tu me le dis, elle va avoir de mes nouvelles, a part ça je m'amuse bien, on va commencé un grand tournoi de tennis
Je t'embrasse très fort
ton David

Mon cher petit David
J'ai reçu ta lettre et je suis contente que tu es bien. Mais moi aussi je suis très triste. Je me sens très seule sans toi. J'attends avec impatience ta rentrée ! Ici le temps est très très mauvais ; il fait froid, tout est triste et mauvais sans toi chéri.
Ta mémé qui t'aime

Le 12/6/85
Mémé
Je t'en pris ne te fait pas de mauvais sang pour moi, ne sois pas triste, dans 2 semaines je rentre, moi aussi je suis triste mais je te reverrai, et après on ira à la piscine et on s'amusera.
ton cher David qui t'aime très fort

Chère mémé,
Tout va très bien, je m'amuse beaucoup, j'espère que tu ne le fais pas.
Gros bisous, David

chère mémé
il est 8 h, je vais partir à l'école ; étant donné que tu es en train de dormir, je ne puis te réveiller et t'embrasser. Dommage alors je t'embrasse par lettre. J'ai beaucoup mieux dormi. J'ai fait ton café.
Ton David qui t'aime

Mémé
Que je suis content ! Je peux enfin t'écrire ! Je suis heureux, il y a les vacances et je peux enfin me reposer. Je ne supporte pas que tu travailles, c'est un comble pour une femme de 80 ans de travailler. Moi aussi je peux faire les courses et les travaux ménagers. Cela ne m'étonne pas que tu as des tourments de tête. Tu devrais sortir prendre l'air, t'amuser, je suis tellement triste quand tu travailles.
David

Mémé,
je n'ai pas eu le temps de te faire la bise, je n'ai pas voulu te réveiller. Je n'ai pas eu le temps de faire le

lit etc. Je veux que tu me promettes que tu ne le feras pas aujourd'hui.
David qui t'aime

chère mémé
Je suis parti au tennis, ne t'inquiète surtout pas. Je te supplie de ne pas le faire car on va rester ensemble pendant deux semaines. En rentrant, j'achèterai le pain de mie. Je te fais un gros bisou.
David

De toi, il me reste ces cartes postales donc, et quelques bricoles : des cendriers, des statuettes sans valeur, ton sac à main imitation Vuitton, tes lunettes à la forme arquée, celles que les coups de maman ont fracassées le dernier jour de ta vie.
Et ton vieux carnet en lambeaux avec ces numéros jetés en vrac : avocats, notaires, syndics, huissiers, dentistes, mairie du huitième arrondissement, consulat italien, Galeries Lafayette, BHV, tapissier, centre des impôts, EDF, vitrier, médecins, serruriers...
Et tes lithographies bouffées par la poussière, l'humidité – maman les avait laissées croupir à la cave. Deux portraits de femmes. Lequel préférais-tu ? Celui de

Mariette Lydis, jeune fille au regard distant, chevelure blonde et lèvres charnues sur un fond pâle ? Ou celui de Marie Laurencin, femme à la tête penchée avec un collier de perles ? Les couleurs – du jaune, du beige, du gris – me font penser à un paysage normand, à une falaise sous un ciel menaçant. Cette femme, ce pourrait être toi à vingt-cinq ans, ce qu'elle donne à voir compte peu au regard de ce qu'elle dissimule.
Également retrouvée, toujours dans la cave, une litho de Dufy, un bouquet anarchique, pot-pourri de vert, de blanc, de jaune.
Tu as remarqué ? Ces estampes ont toutes été réalisées en 1935.
Raoul Dufy... Marie Laurencin... Mariette Lydis... 1935...

Bal des Petits Lits Blancs.
Soirée organisée par le journal « Le Jour » au Cercle Interallié le mardi 4 juin 1935.
Programme pour une soirée de bienfaisance au profit des enfants défavorisés. Illustrations de Mariette Lydis, Marie Laurencin, Raoul Dufy, etc.

Tes lithos proviennent de cette vente... Sur le Marie Laurencin, il est d'ailleurs fait mention des Petits Lits Blancs au-dessus de la signature. Ainsi tu étais au

Cercle Interallié, ce 4 juin 1935. Et ces dessins probablement t'ont été offerts par la personne que tu accompagnais. Un homme peut-être, qui voulait te séduire, te montrer son attachement. Pyrrhus ?
Ce soir-là, il faisait un froid inhabituel pour la saison. Une toile avait été déployée au-dessus du parc pour protéger les invités en cas de pluie, de grêle. Plus de six cents personnes étaient présentes, la fête se voulait grandiose. *Une telle soirée n'a jamais été vue à Paris*, osa écrire *Le Jour*, qui, le lendemain, publia la liste des invités : ambassadeurs, princes, duchesses, industriels, célébrités – Louis Renault, Louis Hachette, Coco Chanel, Jean Mermoz, Pierre Lazareff. Et des vedettes qui s'y produisirent : Maurice Chevalier et Tino Rossi, l'actrice Gaby Morlay, le danseur Serge Lifar...
Dans l'édition du 6 juin, on peut lire ce compte rendu grandiloquent :

En haut, sur la terrasse, avant le dîner, c'était à chaque arrivée une surprise, un enchantement que ce chatoiement de couleurs et ce scintillement de diamants qu'apportaient le diadème de la duchesse de Gramont, celui de la comtesse Wladimir d'Ormesson, les colliers de la baronne Édouard de Rothschild, de

Mme Le Breton, de la princesse Edmond de Polignac et d'autres encore que, faute de place, je ne puis énumérer.

Le 4 juin 1935, tu avais vingt-sept ans. Quelques mois plus tôt, tu t'étais déclarée comme *étrangère* à la préfecture de police de Paris. Comment as-tu fait, Napolitaine sans le sou, pour t'introduire dans une soirée pareille ? Avais-tu seulement la moindre idée du pedigree de ces gens-là ? Tu t'en foutais, j'en suis sûr. Tu ignorais cet entre-soi et cette ignorance te protégeait. Tu avais le regard d'une icône, le corps d'une ballerine, tu riais aux éclats quand cela te chantait, d'un rire tonitruant, vulgaire, de quoi faire tourner bien des têtes. Des photos de la soirée ont été publiées mais on distingue mal les invités, et j'ai renoncé à t'y trouver. Tu étais au Bal des Petits Lits Blancs, et peut-être y as-tu dansé jusqu'à l'aube, avant d'être raccompagnée – mais par qui ? – au pied de l'Hôtel d'Angleterre.
Ces estampes, qui les a choisies ? Toi ou ton cavalier ?
Une hypothèse : la photo avec l'homme à la figure mutilée a été prise ce soir-là. Ton ennui, ta froideur inhabituelle, cet individu en smoking qui veut

t'arracher un sourire, ou se faire pardonner. Et ce lieu qui m'a aussitôt fait penser au Cercle Interallié. Oui, comme dans le conte de Cendrillon, un bal allait changer ta vie. En attestent, presque un siècle plus tard, les lithographies que tu avais conservées auprès de toi.

Qui étais-tu, Pià Nerina ? La femme qui m'a sauvé la vie. C'est beaucoup mais je ne peux pas te réduire à cette seule dimension. Je regarde partout autour de moi, je sollicite des mairies, des églises, des services d'archives, en France, en Italie, en Espagne, je me perds et je ne sais plus ce que je cherche. Ici et là, quelques bribes, des bouts d'informations grappillés. Jeu de piste impossible. Tu es partie sans un mot, sans une lettre, et je dois à présent composer avec les *blancs* de ta vie. Pourquoi et comment es-tu venue en France ? Par quels moyens as-tu réussi, toi, huitième d'une fratrie de treize, sans un diplôme, sans travail déclaré, des parents ruinés, oui, par quels moyens as-tu réussi à constituer ce patrimoine dans les beaux quartiers de Paris ?

Plonger, explorer, fouiller en moi, comme dans l'arrière-boutique d'un vieux cinéma abandonné, à la recherche d'un chef-d'œuvre disparu. Fermer les yeux... À la pharmacie, au Codec, chez Vignon, le traiteur de la rue Marbeuf, mon orgueil d'être présenté comme *ton petit homme* : on s'intéresse à moi, on me pose des questions, on me caresse les cheveux, on me donne un bonbon, et tout ça, je le sens, c'est grâce à toi, parce que ces commerçants t'apprécient, parce que aussi tu te montres généreuse, une bonne cliente. Je suis avide de ces sorties, je m'ennuie à la maison, et puis il ne faut pas faire de bruit, ne pas sauter, ne pas jouer, ne pas parler trop fort
NE SURTOUT PAS LA RÉVEILLER
ou sinon de nouveaux drames, et nous vivons toi et moi suspendus aux humeurs de maman, qui elles-mêmes sont fonction de ses soirées.

Notre salut, nous allons le chercher dehors. Le Prisunic des Champs-Élysées n'est pas un supermarché mais un havre où je peux oublier ma peur, contempler, émerveillé, les boîtes de Lego Technic chaque année plus volumineuses mais que je sais inaccessibles à cause de leur prix, les coffrets de marrons glacés et les sachets d'orangettes que je mange en cachette à Noël, les pains d'épice et les tablettes de

Galak, les stylos fluo et les sacs *US*, les trousses et les cartables *Star Wars*, et tous ces *gadgets*, dis-tu, *inutiles et beaucoup trop chers*. Nous déambulons, rayon après rayon, comme devant les stands d'une fête foraine, et il nous arrive de sortir du magasin, après une heure à rêvasser ainsi, sans avoir rien acheté, ce qui ne va pas sans quelques pleurs – et des scènes terrifiantes quand je reste allongé devant les portes, les mains agrippées à tes varices, hurlant que *jamais je ne partirai d'ici !*
Dès le lendemain cependant, j'insiste pour y retourner, dans de petits mots que je pose sur ta table de nuit ou dans la cuisine :

ma chère mémé ve tu alé au Prisunice ?

Et toi de répondre :

mon cher David, je veux bien aller au Prisunic si tu es gentil et si tu ne m'embêtes pas. As-tu compris ? Baiser. Ta mémé

Le mercredi et le samedi, jours de marché. Il s'étend le long de l'avenue du Président-Wilson, entre l'Alma

et la place d'Iéna. Vide et sinistre les autres jours de la semaine, cette longue artère s'enveloppe alors d'odeurs entêtantes, de senteurs exotiques, et moi j'essaie de les discerner, de leur donner un nom, de les associer à des régions, à des paysages. L'Italie est là, tout entière concentrée dans un stand de pâtes fraîches, et il me semble qu'avec les vendeurs, tes compatriotes, ta parole est plus libre, comme si avait disparu ta crainte d'être comprise par ces *Francesi* dont, je commence à m'en rendre compte, tu te méfies. Je sens entre ces épiciers et toi une connivence dont je suis exclu et un sentiment de jalousie m'assombrit. Tyrannique, je te tire par la manche.
Mais qu'est-ce que tu as ?
On y va, mémé !
dis-je avec autorité en me blottissant contre toi. Et les vendeurs de pâtes de se mettre à rire, ajoutant à ma confusion et à ma honte.
(Dès que tu en avais l'occasion, tu essayais de m'apprendre quelques mots d'italien, malgré des protestations – *on est en France, on parle français !* – qui te trompaient peu sur ma paresse.)
Et nos virées du dimanche au Trocadéro, chez Carette, ce salon de thé grouillant de monde, de serveurs pressés, d'une foule de gens beaux et bien élevés. J'entends

les conversations, les rires, ce brouhaha rassurant auquel je ne suis pas habitué, et je me dis *voici le monde des gens normaux*. Nous prenons, pour les emporter chez nous, des sandwichs au saumon et au concombre, et je ne comprends pas pourquoi nous n'avons pas le droit, nous aussi, de nous asseoir là, à une table. Pourquoi il faut absolument rentrer, supporter la fureur de maman dont tu dis toi-même *elle est folle, il faudrait la faire interner*.
Parfois, peut-être pour désamorcer ma colère, ou parce que tu es d'humeur généreuse, j'ai droit à un éclair au chocolat ou, mieux, à un millefeuille. Je prie alors pour que le 63, qui nous ramène près de la maison, arrive le plus vite possible. Le temps me paraît affreusement long. Mais après avoir englouti ma pâtisserie, c'est pire encore. De quoi me plaindre à présent, me fais-tu comprendre, n'as-tu pas été gentille avec moi ? Tête basse, je retourne dans la chambre. Je pulvérise mes petites voitures, je démembre sauvagement – mais non sans remords – mon confident, le Capitaine Flam, je massacre un à un mes derniers Playmobil encore vaillants, je me mords le poignet jusqu'au sang, je tape ma tête contre les murs. Je hurle, je deviens fou. J'appelle ça *avoir la rage*. Je hais les dimanches.

Nous habitons un grand appartement, rue Clément-Marot, à quelques mètres du croisement avec l'avenue Montaigne. Il se divise en deux parties : la partie privée – les deux chambres et la salle de bains – et la partie réception – couloir, double salon, cuisine. Une longue terrasse court de la chambre du fond au salon ; elle donne sur un ensemble moderne qui, un temps, a abrité les bureaux de la compagnie espagnole Iberia. On y aperçoit aussi le siège de la télévision publique, devant lequel parfois je vais traîner avec l'espoir de croiser des vedettes.

Toi et moi partageons la même chambre. Ou plutôt : tu as accepté à ma naissance de me faire une place dans ta chambre. C'est la plus jolie, la plus lumineuse, avec la porte-fenêtre menant à la terrasse. Je dors près de celle-ci, et souvent je suis réveillé par le soleil qui filtre à travers les persiennes. Tous les matins, je te retrouve dans la cuisine où tu me prépares un bol d'Ovomaltine, ou de Quaker Oats, des flocons d'avoine. Sur l'emballage, la figure d'un pasteur américain avec un chapeau à large bord.

Il est mort ? Il était gentil ?
Moins fort, mon amour. Ne surtout pas la réveiller.
Jusqu'à mes dix ans, tu m'accompagnes à l'école Robert-Estienne, près de la rue Marbeuf. Tu viens me chercher à midi – pas question de me laisser manger à la cantine – et à seize heures trente. Autrement dit, ce trajet de la maison à l'école, tu l'accomplis chaque jour à huit reprises. Ce qui revient à plus d'une heure de marche quotidienne.
Quand il n'y a pas classe, j'aime observer du balcon les couturières dans le bâtiment d'en face. Il arrive que l'une relève la tête et me salue, et toutes les filles de l'atelier alors se mettent à regarder dans ma direction et à m'acclamer. Je rougis, les salue à mon tour en faisant de grands gestes de la main. Je voudrais pouvoir traverser l'espace qui me sépare d'elles, les contempler d'encore plus près. Je voudrais qu'elles m'apprennent leur métier et rester toute la journée à leur côté.
Maman ne se lève jamais avant midi. Elle a installé un téléviseur devant son lit, et le plus souvent son réveil nous est signifié par les voix d'Yves Mourousi et d'Hervé Claude, les présentateurs du journal de treize heures, qui nous parviennent à travers sa porte. *Beyrouth, Sabra et Chatila, Téhéran*, noms martelés

jour après jour, planètes d'une constellation mystérieuse et tragique.

Chaque matin, maman exige que lui soient apportés sur un plateau un café et un *croissant au beurre*. L'après-midi, elle sort, et il m'arrive de demeurer des journées entières sans la voir. Cela me convient : je n'aime pas sa présence, la tension qu'elle impose, la peur qui nous prend quand elle franchit le seuil de sa tanière aux rideaux fermés. En son absence, mes premières sensations de liberté : te parler sans baisser la voix, faire rebondir avec allégresse ma balle de tennis contre le mur de la terrasse. Maman et nous menons des vies rigoureusement parallèles.

La cuisine, au bout du couloir, est la pièce où nous passons le plus de temps. J'aime connaître la vie des gens du quartier, les voisins, les commerçants, et sur eux je te pose toutes sortes de questions. Ou je te regarde sans rien dire préparer les repas, faire la lessive, t'accroupir et passer la serpillère. Ou je t'écoute me chanter le *Petit Papa Noël* de Tino Rossi. Ou je chaparde dans ton dos les biscuits que tu as planqués dans le garde-manger. Le temps est infini, si lent qu'il me semble que je serai mort depuis longtemps quand viendra l'âge adulte. Nous déjeunons et dînons là, toujours en tête à tête.

À l'inverse, le salon, m'a fait comprendre maman, n'est pas une pièce pour un enfant. Ça ne m'empêche pas, quand elle n'est pas là, de fouiller de fond en comble la bibliothèque, à la recherche d'un livre caché ou interdit, un livre *qui n'est pas de mon âge*, un livre qui rendra mes journées moins monotones. À la maison, les invités sont rares, le plus souvent des copines de maman que je n'aime pas du tout. Tu ne dis presque rien quand elles sont là, et je devine à ce silence que tu partages mes sentiments.

Le samedi 10 août 1935, tu es interpellée dans le casino le plus célèbre de Cannes, le Palm Beach, palais Art déco bordé de palmiers gigantesques et de limousines. L'inspecteur de service, un dénommé Roustan, te soupçonne d'être une *prostituée clandestine*. Trois jours plus tard, il rédige son rapport.

Cannes, le 13 août 1935

L'inspecteur principal Roustan à Monsieur le commissaire spécial de Cannes

J'ai l'honneur de vous rendre compte qu'au cours de mon service au Casino Palm-Beach de Cannes, dans la nuit du 10 au 11 courant, mon attention a été attirée par des personnes dont l'attitude incorrecte m'a obligé à les expulser après les avoir interpellées aux fins d'identification.

Elles se nomment :

HÔTEL DE LA FOLIE

1) DUBESSY, Marius, français, né le 15/1/1904 à Machezal (Loire), célibataire, actuellement sans travail, résident à Nice, en meublé, 5 rue du Palais.
Signalement : 1m64 environ, corpulence mince, cheveux châtains moyens, nez rectiligne, visage allongé et maigre.
2) DE CECCHI, Pià Nerina, italienne, née à Naples, le 27 octobre 1907, célibataire, artiste, demeurant à Paris, Hôtel d'Angleterre, rue La Boétie, n°91, séjournant à Cannes, Hôtel Moderne. Elle avait mentionné sur sa fiche d'admission au jeu « Hôtel Miramar ». Elle vivrait à Paris avec un nommé Balivet René.
Signalement : taille 1m57 environ, corpulence très mince, yeux marron foncé, cheveux blonds, nez petit et mince.
Le nommé DUBESSY a été surpris en train d'importuner certaines clientes auprès desquelles il se livrait au « chantage ». D'autre part, il était vêtu misérablement et n'était en possession que de 15 fcs.
La nommée DE CECCHI, qui a avoué les manœuvres singulières à elle reprochées, doit être une prostituée clandestine.
En somme, les deux susnommés doivent être considérés comme des éléments indésirables dans les salles de jeu.

L'inspecteur principal
Signé Roustan

Prostituée clandestine, donc. Mais jamais l'inspecteur Roustan n'étaie son accusation. Jamais il ne détaille les *manœuvres singulières* que tu lui aurais avouées. Jamais il ne précise si Dubessy – un faux nom ? un anagramme de Debussy ? – et toi étiez complices, ou si vous avez été interpellés séparément. Jamais il n'illustre le « chantage » de Dubessy. Ce rapport est d'une vacuité effarante.

À la marge, il est d'ailleurs écrit, de la main du commissaire spécial :

Ceci n'est pas suffisant pour justifier une mesure d'exclusion. Les intéressés sont sans antécédents.

Ce qui m'attendrit, Pià Nerina, ce sont tes petits mensonges : l'Hôtel Miramar, ton statut d'artiste... Et ce René Balivet ? Jamais entendu le nom de cet homme. J'ai épluché les annuaires, les registres d'état civil, j'ai téléphoné, laissé des messages, mais rien, il n'y a rien sur un René Balivet ayant vécu à Paris dans les années trente. Je me suis interrogé : comment se faisait-il que Roustan, installé à Cannes, fût au courant de cette relation ? En quoi cela le concernait-il ? Au 93 rue La Boétie, dans l'immeuble mitoyen de l'Hôtel d'Angleterre, vivait alors une Odette Ballivet. La connaissais-tu ? Roustan t'a sommée de lui dire le nom de ton *protecteur*, et tu as pensé à cette voisine dont le patronyme sonnait si bien français, c'est ça ? J'imagine tes craintes. Tu viens d'arriver à Paris. Ton titre de séjour ne suffit pas. Seule la nationalité française te protégerait mais les démarches sont longues, fastidieuses. Et voici qu'un flic te cite dans un rapport remontant au ministère de l'Intérieur. Là-bas, place Beauvau, on crée une fiche à ton nom. Le 4 octobre 1935, tu figures sur une liste de personnes *interdites de salles de jeu*. Dans cette note, ta description physique – qui reprend celle de Roustan –, et cette mention : *est l'objet de renseignements défavorables*.

L'expulsion du territoire te pend au nez. Dans les mois qui suivent, tu mets fin à ta période blonde, je suppose afin de continuer à fréquenter les casinos sans te faire repérer. Et surtout tu épouses un Français, ce qui te confère automatiquement la nationalité. Dès lors tu n'es plus une *femme étrangère* mais une citoyenne à part entière. Te renvoyer en Italie est impossible.

Parlons-en, de ton mariage. Combien d'heures à essayer de démêler le vrai du faux, l'erreur involontaire de la manipulation ? Me dirais-tu, comme

quand j'étais enfant, que cette union fut un acte d'amour ? Je ne te croirais pas. Toutes ces contradictions, ces incohérences... Commençons par ton mari : François Puigdemon, six ans de moins que toi, né en Algérie, parents catalans. Taille : 1,70 mètre environ, front bombé et cheveux noirs. Domicilié à Paris, près de la place de la République. *Profession sommelier*, est-il écrit sur le registre. Vous vous êtes dit oui le jeudi 26 décembre 1935, à la mairie du huitième arrondissement, rue de Lisbonne. Quatre mois à peine après ton interpellation au Palm Beach. Vos témoins sont un dénommé Jean Fillon (trente-huit ans), concierge au Métropole – un cinéma ? un club ? –, installé 6 villa Dancourt, près du boulevard Rochechouart, et une dénommée Suzanne Gaillard, vingt-sept ans, danseuse, elle aussi résidente au 6 villa Dancourt. Des noms inconnus, et cependant gravés sur ce document infiniment précieux.
Te voilà donc *madame Puigdemon*. Ce nom, il m'est familier. C'était celui de maman, patronyme qu'elle haïssait, et à la place duquel elle avait pris l'habitude de décliner une série de fausses identités. À l'hôpital, les derniers jours avant sa mort, plusieurs fois je l'ai questionnée sur ce Puigdemon. Elle m'a juré qu'il était son vrai père mais semblait embarrassée.

Il faisait quoi dans la vie ?
C'était un médecin, un interne, il est mort avant d'avoir fini ses études.
Mort de quoi ?
Je ne sais pas, j'avais un an.
Et mémé est partie à Paris pour le rejoindre ?
Oui. Et arrête de dire « mémé », c'est affreux. C'est un marqueur social.
J'ai toujours dit « mémé ».
C'est affreux, vraiment.

Je me rappelle un soir, des années auparavant, maman prétendait que Puigdemon avait été boxeur. Cette légende, tes neveux napolitains me l'ont aussi rapportée. Ça ne la rend pas plus crédible. Sommelier, médecin, boxeur... beaucoup de métiers pour un seul homme.

Mes soupçons sur la réalité de ton mariage sont nés assez tôt. J'avais beau chercher, je ne me souvenais pas d'une seule conversation entre maman et toi à propos de cet homme. Ce qui, tu en conviendras, est étonnant quand pour l'une l'homme en question est un ancien

mari, et pour l'autre un père. Surprenant aussi de ne trouver aucune photo, aucune lettre. En revanche, près de tes albums, glissées dans une enveloppe, les pièces relatives à ton divorce – que j'ignorais –, prononcé à ta demande pendant la guerre.
J'essaie de comprendre.
Le mardi 16 juin 1942, devant la 4ᵉ chambre du tribunal civil de la Seine, tu prétends avoir été *abandonnée* par François Puigdemon au bout de quelques semaines. Un mois plus tard pourtant, le vendredi 24 juillet, à la clinique Sainte-Isabelle, à Neuilly-sur-Seine, tu accouches d'une fille à qui tu donnes le nom de ce même Puigdemon... Comment m'y retrouver ?
Voici d'après moi le scénario le plus vraisemblable : Puigdemon n'est pas le père de maman. Ta grossesse te décide à couper tout lien avec un homme épousé pour des papiers, un homme qui, parce qu'il est resté ton mari, a le pouvoir de contrarier tes projets – déménager, ouvrir un compte en banque. Peut-être aussi souhaites-tu faire place nette au vrai père, espérant que celui-ci finira par se déclarer. Mais cela n'arrive pas. Dès lors, plutôt que de faire de ta fille une bâtarde, mieux vaut encore lui léguer ce patronyme, Puigdemon, dont tu es alors en train de te dépouiller. Un nom de fortune peut-être, mais grâce auquel tu as pu demeurer en France.

J'ai voulu en savoir plus sur ce Puigdemon. Dans son dossier militaire, établi après guerre, il est inscrit à l'encre rouge la mention *disparu*. Son frère cadet, Henri, y certifie que François, soldat du 68ᵉ régiment d'artillerie, n'a jamais reparu au domicile familial après février 1940. Aussi, je crus comprendre pourquoi ton mari ne s'était pas manifesté au cours de la procédure de divorce, pourquoi il n'avait pas répondu aux convocations, pourquoi il n'avait renvoyé aucun des documents qui lui avaient été adressés. Pourquoi jamais il n'avait contesté la paternité de maman. Il faisait le mort, et pour cause.

Un élément toutefois aurait dû m'alerter. Dans le jugement de divorce, il est fait mention d'un rapport de police *en date du 15 mars 1942 duquel il résulte que Puigdemon habite en hôtel 42 rue d'Orsel depuis le 4 novembre 1941 et qu'à cette adresse il vit en compagnie d'une demoiselle H... Anna avec laquelle il partage la chambre numéro 24.*

Ou ce rapport était un faux, ou ton époux n'avait pas disparu en 1940.

Peu de temps après, le service des Archives d'outre-mer me fit parvenir sa fiche matricule, autrement dit le

récapitulatif de son parcours militaire et civil. J'appris, un peu interloqué, qu'en janvier 1941, Puigdemon avait été condamné à trois mois de prison pour le vol d'une camionnette à Paris, rue Custine (au tribunal, cette fois-ci, il avait déclaré être coiffeur).
Le plus troublant néanmoins, ce fut cette mention :

Permis de conduire V.L. délivré le 2.6.50 et P.l. délivré le 16.9.50 par la préfecture de la Seine.

Une erreur, sûrement. Ou bien... Se pouvait-il que Puigdemon eût survécu à la guerre, et que tu ne l'eusses jamais su ? Cet homme que tout le monde avait enterré – toi, son frère, le ministère des Anciens Combattants – allait-il ressusciter sous mes yeux ?
Sur un site de généalogie, son acte de naissance levait le mystère. Une simple note, en bas de page :

décédé à Paris 15ème le 26.11.63

Pas de disparition durant la guerre, donc, ni d'engagement glorieux dans l'armée d'Afrique, comme je l'avais un temps supposé. Sur son acte de décès, survenu à l'hôpital Necker – il venait d'avoir cinquante ans –, on découvre que Puigdemon avait continué à vivre à Paris, à cette adresse déjà répertoriée sous l'Occupation, 42 rue d'Orsel. Un petit meublé dénommé Le Béarnais. Après avoir été sommelier, coiffeur, peut-être boxeur, il s'était fait chauffeur de taxi. Savait-il que tu lui avais attribué la paternité d'une jeune fille ravissante ? Peut-on être déclaré père à son insu ? Ignorer si longtemps – plus de vingt ans – les obligations inhérentes à cette situation ? L'homme que tu avais épousé et que tu croyais – que tu espérais ? – mort menait une existence tranquille à Montmartre. Ne sachant rien de la place, même fantoche, qu'il occupait dans ta vie et celle de maman. Avait-il eu des enfants ? Il t'eût été facile de le trouver – son adresse ne t'était pas inconnue, elle figurait dans le rapport de police qui étaya ta demande de divorce. D'ouvrir l'annuaire et de composer le numéro du Béarnais – Montmartre 38 30. De demander à lui parler. Que lui aurais-tu dit ? Quel était votre arrangement ?

Aux Archives de Paris, près de la porte des Lilas, où là aussi je m'épuisais à te traquer, je voulus consulter les listes du recensement de 1946. À ta nouvelle adresse, rue Clément-Marot, ton nom et celui de maman figurent bien sur le registre. Mais ils ne sont pas seuls. À la ligne en dessous, François Puigdemon, de qui tu avais divorcé quatre ans plus tôt. Nouvelle supercherie, la plus stupéfiante peut-être, qui m'a fait comprendre une chose : pour toi, immigrée napolitaine et mère célibataire, un époux, c'était une protection, un bouclier. Le meilleur moyen de ne pas être traitée de putain.

La rue La Boétie part des Champs-Élysées et s'achève place Saint-Augustin, traversant une zone assez large du huitième arrondissement. Sa partie basse, du Monoprix – l'ancien Prisunic – à l'église Saint-Philippe-du-Roule, est une voie étroite, embouteillée, aux boutiques un peu lugubres. Cette artère, il m'arrivait de l'emprunter avec toi, mais jamais tu ne m'as dit y avoir vécu. Parce que tu avais honte, vraiment ? Ou pour ne surtout pas éveiller la curiosité d'un petit garçon qui ne savait pas tenir sa langue ?
Pas loin, sur l'avenue Franklin-Roosevelt, un traiteur italien, Raggi, d'où nous rapportions des gnocchis. Après nous en être régalés, toujours tu me demandais si je les préférais aux tiens, ceux que je te voyais confectionner dans la cuisine de tes mains enfarinées. Et toujours, le cœur serré, je mentais
non mémé, tes gnocchis sont meilleurs.

HÔTEL DE LA FOLIE

L'Hôtel d'Angleterre existe encore, un trois-étoiles coincé entre un magasin de vêtements, Chez les filles, et une salle de loterie de la Française des Jeux. On devine que l'immeuble n'a pas dû beaucoup changer depuis l'époque à laquelle tu y logeais. La façade mériterait un coup de peinture et peu engageant est son bureau d'accueil. Dans les minutes du commissariat d'arrondissement, j'ai trouvé trace, le vendredi 12 novembre 1937, d'une tentative d'assassinat du concierge par son épouse, une femme du nom d'Eva Lindauer, née à Sheffield. Une balle dans le ventre à bout portant.
Les connaissais-tu, ces deux-là ? Étais-tu présente quand Eva a tiré ?
En ce temps-là, dans l'établissement, résidaient tout un contingent très Mitteleuropa : Allemands, Russes, Polonais, Hongrois, Autrichiens, Tchèques, ainsi qu'une poignée de Français. Avant tout des célibataires, des femmes sans profession.

Rosa et Hans Oppenheimer
Marie des Forges
Joseph Szeisler
Jean Hofstella
Joseph et Rose Wassermann
Gabrielle Nypséres
Maria Korostyneff, etc.

HÔTEL DE LA FOLIE

Mais nulle trace de toi dans le recensement de 1936, pas plus que d'un René Balivet avec qui tu aurais vécu. J'ai donc pensé que tu t'étais peut-être installée chez ce François Puigdemon que tu venais d'épouser, au 66 de la rue Notre-Dame-de-Nazareth. Cependant, à cette adresse non plus il n'y avait ni ton nom ni celui de ton mari.

Une après-midi, dans le salon, tu es assise dans ton fauteuil brodé de ce tissu jaune pisseux qui chaque jour se déchire un peu plus et je monte sur tes genoux comme je l'ai fait des milliers de fois déjà. Je dois avoir un peu plus de dix ans. Plusieurs émotions mêlées : le plaisir de la transgression – me serrer contre toi malgré les années qui passent – et ma hantise de te perdre. Avoir pensé tant de fois, et te l'avoir dit avec mes mots d'enfant, *si tu meurs je meurs aussi*.
Maman dort encore, ou bien elle est sortie, et je sais ce qu'elle dirait si elle nous surprenait
à ton âge, tu n'as pas honte ?
Puis elle s'en prendrait à toi
et toi, tu le laisses faire, tu ne dis rien ?

Et ce pressentiment soudain... c'est la dernière fois, moi sur tes genoux. Je suis trop collé à toi, à tes jupes, ce n'est pas sain, pas normal. Au collège, les autres savent de grands mystères qui me sont encore cachés. J'ai grandi sous ton aile, la douceur de ta peau chaude me suffisait, mais comment faire à présent puisque même si *tu ne le fais pas* tu ne seras pas éternelle ? S'annonce le temps du détachement, de l'arrachement, et tu le sais bien. C'est le moment de t'en aller, l'occasion que tu attends. Je joue à l'enfant qui saute sur tes genoux pour cacher que je suis encore un enfant qui saute sur tes genoux. Je t'embrasse, je te bave dessus, je te tiens par les épaules, et toi tu dis, faussement mécontente
arrête, tu es lourd, tu me fais mal !
Et moi je veux encore jouir de toi, ne pas regretter, ne pas oublier, pour plus tard. Alors comme si tu sentais que le moment est important, qu'il faut me mettre en garde, me déniaiser, et que c'est à toi de t'y coller, tu me regardes dans les yeux et tu me dis
fais attention avec les filles, elles seront douces, gentilles, mais si tu joues trop avec elles, un jour elles viendront te voir, elles diront qu'elles attendent un enfant de toi. Tu devras te marier.
Sur le moment, je ne comprends pas ce que tu veux dire, et pourtant cette phrase m'est restée jusqu'à

aujourd'hui. Je crois que tu l'as longtemps méditée avant de te décider. Tu savais de quoi tu parlais, tu connaissais les pièges, les dangers, tu en avais vu des hommes sombrer, et tu me regardais avancer vers l'âge adulte, désarmé, inconscient, pareil à un idiot. Tu étais inquiète.

Tu étais une femme décidée, Pià Nerina. Quelques mois après ton mariage, tu cours au ministère de l'Intérieur et tu exiges la levée de ton interdiction d'entrer dans les casinos. Le dossier, pourtant modeste, est traité avec diligence. Le mercredi 22 juillet 1936, le directeur de la Sûreté nationale – rien que ça ! – commande une enquête à la préfecture de police :

Cette personne ayant demeuré à Paris, 91 rue La Boétie, en concubinage avec un dénommé Balivet, René, j'ai l'honneur de vous prier de vouloir bien me faire parvenir, d'urgence, tous les renseignements que vous pourriez posséder ou faire recueillir sur son compte.

Ton affaire, le directeur le souligne, est *urgente*. Le pays vient de connaître de longues semaines de grève, des accords historiques ont consacré de nouveaux droits aux salariés, le patronat veut sa revanche,

partout en France s'organisent des groupuscules armés qui rêvent de renverser le Front populaire, en Espagne un coup d'État militaire scinde la population en deux, en Allemagne Hitler poursuit au pas de charge le réarmement des troupes... et cependant la préoccupation du directeur de la Sûreté nationale, en ce jour d'été 1936, est de régler ton cas. Comment l'expliquer ?
Trois semaines plus tard, le jeudi 13 août, le directeur de l'administration et de la police générale de la préfecture s'exécute. Il adresse au ministère un rapport rédigé par l'inspecteur Carchon :

De Cecchi Pià Nerina, née le 25 octobre 1907, à Naples (Italie), s'est mariée à la mairie du 8ème arrondissement, le 26 décembre 1935, avec François Puigdemon, né le 17 juin 1913 à Ain-Temouchent (Algérie) ; elle n'a pas d'enfant.
D'origine italienne, française par son mariage, elle s'est fixée en France le 15 février 1935.
Depuis le 10 mars écoulé, elle loge 92 rue La Boétie, au loyer mensuel de 600 fcs. Précédemment, elle a demeuré du 10 janvier au 28 février dernier, 15 rue de Bassano.
L'intéressée est sans profession et a toujours logé seule. Elle aurait été la maîtresse pendant un certain

temps du né Balivet, dont il est question dans la note ci-jointe. Actuellement, elle serait entretenue par un espagnol.
Son mari n'a jamais vécu avec elle ; il vient parfois lui rendre visite.
Puigdemon François, est domicilié depuis plusieurs années, 66 rue Notre-Dame de Nazareth, où il occupe une chambre d'un loyer annuel de 500 fcs.
Depuis le 26 mars 1935, il est inscrit au Bureau de chômage du 3ème arrondissement. En dernier lieu, il exerçait la profession de sommelier au restaurant Auclair, 8 avenue de la République.
La née De Cecchi n'a jamais attiré l'attention du service des mœurs et n'a fait, à son domicile, l'objet d'aucune remarque.
Elle est inconnue aux sommiers judiciaires.

Le rapport laisse le directeur de la Sûreté sur sa faim. *Chercher encore*, ordonne-t-il au crayon rouge.
Pour moi en revanche, la lecture de ce document – découvert, tout comme le rapport Roustan, aux Archives nationales – fut une révélation. Personne ne m'avait appris autant de choses sur toi, ne m'avait parlé aussi intimement de la femme que tu avais été, que l'inspecteur Carchon.

J'essaie de prendre les choses dans l'ordre.
1) François Puigdemon. Ton mariage avec lui était bien une couverture. *Son mari n'a jamais vécu avec elle.* Frappante, la disparité entre vos niveaux de vie. Tu paies un loyer de 600 francs chaque mois pour ton logement près des Champs-Élysées quand Puigdemon, pour sa chambre, débourse 500 francs sur une année. Toi, belle immigrée italienne avec tes amants, tes protecteurs, ton train de vie confortable ; lui, sommelier au chômage, créchant dans une piaule d'une rue mal famée.
2) La rue de Bassano. Quinze jours après ton mariage, tu pars vivre au 15 de cette rue, de l'autre côté des Champs-Élysées. À cette adresse, dans l'annuaire de 1936, il est mentionné *Leménager, appartem. meubl.* KLEBER 83 26. Un nouveau meublé, donc. Tu n'y restes que six semaines. Pourquoi ?
Recensement 1936 : au 15 rue de Bassano, je te trouve enfin : Nerina Puigdemon. Et, sur la ligne suivante, ton époux, François. Toutefois son nom est rayé avec la mention *Abs*. À quoi rime cette éphémère mise en ménage ? À accréditer aux yeux de qui te surveille – les services de l'immigration ? – le scénario d'une lune de miel, d'un mariage d'amour ?
3) René Balivet. Le patronyme apparaît pour la première fois dans le rapport Roustan – *Elle vivrait à Paris*

avec un nommé Balivet René –, puis il est repris dans la note de Carchon – *Elle aurait été la maîtresse du né Balivet.* Chaque fois, l'utilisation du conditionnel. L'intuition que Carchon ne fait que reprendre l'information de Roustan, qui lui-même la tient de Marius Dubessy ou de toi. Ce Balivet a-t-il seulement existé ?
4) Les mœurs. Roustan te qualifiait de *prostituée clandestine.* Carchon rectifie : tu n'as, dit-il, *jamais attiré l'attention du service des mœurs.* Je dois te l'avouer, Pià Nerina, un temps j'ai cru que tu avais *exercé* dans une maison de rendez-vous. Ta nièce A.M. me l'avait laissé entendre il y a quelques années. Le Sphinx, le One Two Two, le Chabanais... Les filles de ces maisons étaient obligatoirement enregistrées à la Mondaine. Les archives de la préfecture de police, que j'ai démarchées, ont été formelles : aucune trace de toi dans ces fichiers-là.
5) La rue La Boétie. À quel numéro de cette rue vivais-tu ? Au 92, comme écrit dans le rapport Carchon ? Au 91, comme tu l'as déclaré à la préfecture ? Ou au 89, comme ta sœur Bice – qui vient s'installer chez toi en 1939 – le note sur sa fiche d'entrée en France ? Le sentiment, toujours, que tu brouilles les pistes... Plusieurs dates de naissance (22, 25 ou 27 octobre), plusieurs numéros de rue, une fausse adresse, un mariage blanc, bientôt une

fausse paternité pour ta fille. Le 91 rue La Boétie est l'adresse de l'hôtel d'Angleterre, celle que tu donnes à Roustan le jour de ton interpellation. À l'inverse, quand Carchon affirme que tu vis au 92, il ne le tient pas de toi, mais de son enquête. Il connaît, et le montant de ton loyer, et l'épisode de ton séjour rue de Bassano. Carchon est fiable. Il se trouve qu'au 92 rue La Boétie venait d'être construit un hôtel, mais d'un autre standing celui-là, le Rochester, avec un bar américain. Y logeait une population plus aisée, plus bohème, artistes, musiciens, metteurs en scène.
Autre hypothèse, tu as vécu dans les deux établissements, d'abord à l'Hôtel d'Angleterre, puis au Rochester.
6) L'Espagnol. Le voici enfin. C'est la première fois qu'en dehors de notre huis clos un lien est fait entre Pyrrhus et toi. Car qui peut-il être, cet Espagnol qui *t'entretient*, sinon lui ?

Sur son lit d'hôpital, à mes questions sur Pyrrhus, maman, qui pourtant se savait condamnée, répondait toujours avec réticence.

HÔTEL DE LA FOLIE

C'était lui, ton père ?
J'aurais bien aimé... Pourquoi tu te mets des choses pareilles dans la tête ? Il ne faut rien dire, hein, ta grand-mère serait très peinée. Avant de mourir, elle a déchiré toutes les photos. Elle m'a dit « tu serais capable de les montrer à tout le monde. Je ne veux pas faire souffrir cette famille ».

Maman mentait. Tu as eu le cran de te balancer d'un sixième étage, pas de déchirer tes photos avec Pyrrhus. Elles étaient rangées dans la petite armoire japonaise, en dessous des albums, dans une pochette en papier Kodak en bon état. Des photos en noir et blanc, uniques vestiges – et preuves irréfutables – de votre histoire. Qui les a prises ? José, son chauffeur ? Francesco, son secrétaire particulier ? Pourquoi ne pas les avoir détruits, ces clichés qui auraient pu le compromettre ? Pourquoi te les avoir laissés ?
Ce n'est pas la première fois que j'observe le visage de Pyrrhus. Avec les années, il m'est devenu familier. Dans des ouvrages sur la guerre d'Espagne, ou sur Internet, on trouve plusieurs portraits, façon bel hidalgo. Aussi, quand j'ai ouvert la pochette, je l'ai tout de suite reconnu.
C'est l'été, toi en robe de plage à motifs bariolés, une fleur dans les cheveux, lui tout en blanc, pantalon et

69

chemise à manches courtes. À quand remontent ces images ? Je scrute ton visage et je ne sais pas... au début de la guerre peut-être. Au tour de ton amant. En 1942, Pyrrhus avait les cheveux gris, les traits figés... là, il paraît vraiment plus jeune. Non, ces photos datent d'avant la guerre, 1938 ou 1939. Pyrrhus a environ quarante ans, toi la trentaine.
Il existe deux séries. La première, sur des rochers. On entrevoit une végétation sèche, aride. C'est une série *légère* : tu fais des mimiques, tu souffles à l'oreille de Pyrrhus des mots qui le font sourire, tu lances tes bras autour de son cou. Il semble presque gêné, comme un écolier, décontenancé par ton culot, ton bagout. Sur une autre photo, tu presses son visage contre le tien, jusqu'à le déformer, l'écraser. Aussi a-t-il l'air un peu ridicule, bras ballants, subissant tes assauts sans savoir comment se dépatouiller de cette femme insistante. Troisième cliché : Pyrrhus a pris la fuite, mains cramponnées aux rochers pour ne pas glisser. Tu es restée à la même place et tu le couves d'un regard bienveillant. Souriante mais peut-être vexée qu'il ne soit pas resté avec toi.
La seconde série est *grave*. Vous êtes le long d'une route déserte. En arrière-plan, un poteau télégraphique et une maison. Sur la première photo, ce sont deux amants, debout près d'un petit mur en pierres,

enlacés dans une pose peu orthodoxe – tu le tiens par le cou. Il est légèrement plus grand. Lui, corps rond, taille assez large. Toi, très fine. Ton air détendu, sûre de toi, quand il paraît rigide, visage fermé.
La dernière photo est la plus intéressante. Tu es assise sur le parapet, Pyrrhus se tient derrière toi. Protecteur, il t'entoure de ses bras. Un couple. C'est la seule photo où je ressens l'attachement qui vous unit. Son regard, plus relâché, presque serein. Si j'osais : le regard d'un homme ayant décidé de prendre soin de la femme qu'il aime. Toi, je ne suis pas sûr, à cause de ton visage gratté au niveau du nez et de la bouche. Dans tes yeux cependant, une émotion, peut-être même un bouleversement. Le mouvement de tes bras comme un besoin de sentir dans ton dos sa présence. Tu ne cherches plus à le faire rire, ou à le mettre mal à l'aise. Tu es avec lui, ce que tu as toujours souhaité, de la façon que tu as toujours souhaitée. Tu sais la fugacité du moment. Tes mains s'accrochent aux siennes, et ce n'est pas seulement lui que tu essaies de retenir mais aussi le temps qui passe. Le temps qui passe, s'assombrit, le temps qui inquiète, le temps qui fait peur puisque, la guerre inévitable, il ne pourra que vous séparer.

Ta pochette Kodak, dorénavant mon trésor le plus cher. Je vis avec la hantise que ces photos soient dérobées, se volatilisent. Comme ce négatif que j'ai fait développer : un portrait de Pyrrhus en train d'allumer une cigarette. Je reconnais le décor des images précédentes, la route déserte, la maison, le poteau télégraphique. La photo a été prise le même jour. Par toi ? Ton amant semble étonnamment détendu, et la présence de cette cigarette n'y est pas pour rien. Il y a autre chose cependant. Un détail... une inscription sur le mur de la maison. J'agrandis... ce n'est pas une maison, c'est une gare. J'agrandis encore... THÉOULE... Théoule ?

Théoule-sur-Mer, à l'est du massif de l'Esterel, fait partie de l'agglomération de Cannes... Sa côte et ses plages sauvages, plus préservées que celles de Cannes, en font un lieu particulièrement apprécié, bien que relativement peu fréquenté par le tourisme de masse en été.

Cannes, là où l'inspecteur Roustan te suspectait de tapiner au Palm Beach. Là où ont été prises plusieurs photos de toi, à des périodes très différentes. Et si je m'étais trompé ? Et si ton histoire avec Pyrrhus s'était nouée là-bas, sur la Riviera, et non à Paris, comme je l'ai cru ?

Trente ans que tu es partie, et si ta présence est bel et bien là, en moi, les contours de ton visage se sont estompés. J'hésite sur ta voix, je trébuche sur tes mots. De mes rêves aussi tu t'es éclipsée, et je ne t'y entends plus me consoler ou me mettre en garde. Autour de ta figure, quelques images un peu floues, des sensations, la lumière dans notre chambre le matin, les rayons se faufilant dans les interstices des persiennes, les odeurs d'huile et de friture dans la cuisine, la casserole antique que tu t'obstinais à ne pas vouloir bazarder, les blancs en neige que tu m'apprenais à faire monter, tes robes chatoyantes, pleines de couleurs, de rose, de vert, pleines de fleurs, mes crises devant l'école Robert-Estienne où tu m'abandonnais, ta joie quand tu chantais en italien, et le refrain de cette chanson que je n'ai jamais oublié *Marina Marina Marina ti voglio al più presto sposar*, peut-être parce que je comprenais que tu me demandais de t'épouser et rien d'autre n'aurait pu me combler davantage, la banane que tu déposais sous l'évier pour mon goûter, nos longues après-midi, l'été, à la piscine Deligny, la souffrance insupportable à chacune de nos séparations, ton inquiétude quand maman se levait, mon angoisse lorsque j'effleurais ce grain de beauté sur ta poitrine qui grossissait, grossissait, ton moulin à café, si précieux mais que tu me laissais quand même utiliser, le craquement des grains écrasés, leur arôme, ta perruque que j'essayais pendant ta sieste, ton dentier sur la table de nuit que je n'osais pas toucher. Cela paraît peu mais longtemps ces images, ces sensations furent ce que j'eus de plus cher : mon enfance avait aussi compté, grâce à toi, sa part de moments heureux.

Pourquoi a-t-il voulu te revoir ?
D'un côté, un homme richissime, ayant étudié à Paris, à New York, collectionneur d'art et de livres anciens – savais-tu que Pyrrhus avait réuni dans la bibliothèque de son château, à Picorella, au nord de la Catalogne, plus de trois mille éditions originales de *Don Quichotte* ? De l'autre, une femme qui a seulement pour elle, et c'est déjà beaucoup, sa beauté et son tempérament. Tu venais d'une famille déclassée, dans le Naples du début du siècle, tu n'avais pas étudié, tu étais sans relations, sans protections, tu ne connaissais rien à la politique, rien à la peinture, rien à la littérature, tu n'allais ni au théâtre ni à l'Opéra. Alors quoi ? La sensualité ? Ça ne dure qu'un temps. Il a bien fallu qu'il s'attache, qu'il ressente le besoin d'être en ta compagnie, assez pour payer ton loyer, assez pour *t'entretenir*.
Ce sentiment depuis le début de faire fausse route, de prendre le problème à l'envers.
L'amour peut-il être autre chose qu'un échange ?

Qu'est-ce qui vous unissait ? Quels secrets ? De quoi parliez-vous ? Que trouvait-il chez toi qu'il n'avait jamais connu ailleurs ?
La joie ?
Voici l'histoire que j'imagine : toi, accompagnatrice pour milliardaires, une sorte de Belle de Jour, une *escort* dirait-on aujourd'hui, des types – qui ? – t'ont persuadée de venir à Paris et tu as plongé, résolue à infléchir le cours de ta vie ; lui, homme d'affaires, héritier d'une grande fortune, un besoin d'échapper à son carcan familial, pieux et catholique, et aussi au destin tracé par son père. Le Bal des Petits Lits Blancs est le point de départ. Pyrrhus est marié depuis longtemps mais l'union est infructueuse. Il est séduit par ton caractère affirmé, solaire, pas froid aux yeux. Par ton répondant. Les tableaux de Lydis et de Laurencin sont ses premières offrandes.
Trop simple, trop facile.

Six mois après le Bal des Petits Lits Blancs, trois semaines avant ton mariage, le samedi 7 décembre 1935, disparaît le père de Pyrrhus. Voilà dorénavant ton amant un des hommes les plus riches du monde, une sorte de *Tycoon*, des intérêts dans la sidérurgie, le bâtiment, les centrales électriques, les banques. Et, ce qui a le plus de valeur à ses yeux, dans une célèbre marque de voitures de luxe : La Firme. Ce nom, je l'avais déjà croisé avant de m'intéresser à Pyrrhus. Je savais que beaucoup de collectionneurs vouaient à cette enseigne un culte fanatique, pour ses châssis, ses tableaux de bord. J'ai lu tout un tas de choses sur la Firme, l'histoire du modèle qui porte le nom d'un roi, l'histoire de son emblème, une cigogne, hommage au pilote Georges Guynemer et à son escadrille.

Fondée en Catalogne, l'entreprise s'était par la suite implantée à l'ouest de Paris. Une usine avait été construite. Pyrrhus s'y rendait dès qu'il en avait l'occasion. De la Grande Ville, il faisait la route dans sa limousine, une 46 CV de couleur noire immatriculée 4054 RE5, puis descendait au Continental, rue de Castiglione, appartement 138, qui donnait sur les jardins des Tuileries. Il parlait un français impeccable et comptait dans la capitale de nombreuses relations, qu'il retrouvait pour la plupart à l'Automobile Club, place de la Concorde. Quand tu fis sa connaissance, la Firme ne produisait presque plus de voitures. Après le krach de 1929, la société s'était diversifiée dans les moteurs d'avions et les armes automatiques. Ton amant était devenu un marchand de canons, activité lucrative et surtout pleine de perspectives. Il y avait donc de quoi faire à Paris et Pyrrhus ne s'y ennuyait pas. Et puis tu étais là, le soir, la nuit, à prendre soin de lui, à l'amuser, à le combler. Tu commençais à t'attacher, c'était un homme bien croyais-tu, pas un tordu. Cependant en Espagne la guerre déjà s'annonçait, et avec elle son cortège de charniers, de villes bombardées, de populations assassinées. Et dès lors Pyrrhus, délaissant Don Quichotte pour Franco, rêva moins de nuits d'amour que de lendemains victorieux.

En cet été 1936, quand l'inspecteur Carchon rédige son rapport, sait-il que l'Espagnol qui *t'entretient* est au même moment retenu en otage avec sa famille dans son château de Picorella ? Les anarchistes du village réagissent au soulèvement militaire des nationalistes et ils s'en prennent à ton *protecteur*, industriel, catholique, neveu du primat d'Espagne, un important soutien des insurgés. Pyrrhus est terrifié. Il s'attend à être exécuté d'un moment à l'autre. Il voit les armes et les revolvers braqués sur lui, et par deux fois il croit que c'en est terminé. Sa captivité dure quinze jours. Il faut l'intervention du président du Conseil français, Léon

HÔTEL DE LA FOLIE

Blum, dont le fils, Robert, a été recruté par la Firme, pour que Pyrrhus et les siens soient libérés.

Je viens de trouver la petite route, coincée entre la mer et la voie ferrée, où vous posez, Pyrrhus et toi. Le poteau télégraphique a disparu, la rambarde a été changée mais la gare est bel et bien là, toujours aussi discrète. Les autres clichés ont probablement été pris en contrebas, sur la jetée, près de la plage. C'est une supposition – ce sont les seuls rochers accessibles depuis ce tronçon –, car je ne reconnais pas le paysage. Presque un siècle a passé, et tout a dû tellement changer : la montée des eaux, les constructions... Pourquoi vous être arrêtés ici ? L'endroit n'a rien d'exceptionnel et, pas loin, on peut découvrir des points de vue beaucoup plus beaux. La photo de Pyrrhus en train d'allumer une cigarette indique que vous vous attardez. Une panne ? L'attente du prochain train ? Mais les milliardaires prennent-ils le train ? Et que dire des milliardaires engagés dans une guerre civile, des milliardaires dont la tête est mise à prix ?
Premiers jours de janvier, la météo annonce de la pluie mais le soleil paresse encore sur le sable. Assez pour décider un vieil homme à s'allonger. Assez pour

me décider à l'imiter. J'ai soif de lumière, de volupté. J'enlève mon manteau, mon pull, je m'adosse à un rocher, les yeux fermés. Sur mon visage, les rayons posent une caresse. Je me laisse aller et en quelques instants j'oublie Pyrrhus, la route, vos photos, la voiture en carafe.

J'en ai mis du temps, Pià Nerina, à disséquer votre relation, à maman et toi. Comment en avez-vous fini par vous haïr ? Je regarde vos photos, les premières années. Une mère dévouée, tendre, attentive ; une fille aimante, rieuse, admirative. Tu espérais cette enfant depuis longtemps, et ta vie entière, à compter du jour de sa naissance, allait être construite, organisée autour d'elle. Ce n'était pas une contrainte, plutôt une servitude volontaire, et même ce mot, *servitude*, je ne suis pas certain qu'il soit juste.
De l'éducation que tu lui as donnée, je sais finalement peu de chose. Reste ce constat : maman était devenue une femme colérique, capricieuse, paresseuse, violente, misanthrope, inadaptée aussi bien à la vie à deux, à la famille, qu'au monde en général. Et pourtant tu avais eu pour elle de grandes ambitions : un beau mariage, une carrière. Qu'est-ce qui n'a pas fonctionné ? À cette réussite dont tu ne doutais pas, tu as consacré ton énergie, ton temps, l'argent

de Pyrrhus. Maman était cultivée, s'exprimait dans un français impeccable, *un français de Proust* disait son amie D. Elle avait voyagé à Londres, à New York, parlait couramment anglais. Elle portait des tenues magnifiques, et sa garde-robe, à sa mort, recelait des trésors, signés des grands couturiers de son époque. L'été, vous partiez tantôt à Saint-Moritz ou sur le bassin d'Arcachon soigner votre asthme, tantôt en Italie, à Milan voir ta sœur Bice, et à Naples d'où vous preniez le bateau pour Capri et Ischia. Maman avait tout pour elle : la beauté – elle avait été engagée comme mannequin chez Givenchy –, le savoir, les codes – *les bonnes manières* comme tu disais. Et cependant rien ne s'est déroulé comme prévu.

Il a toujours été acquis dans mon esprit que tu avais élevé maman seule. Mais après avoir cherché dans ton passé, dans celui de Pyrrhus, je ne sais plus. Tu comprends, tant de mensonges...
Un nom seulement, pour m'éclairer : Neuilly.
Tu as accouché dans une clinique privée, à Neuilly.
Tu as inscrit ta fille dans une école privée, à Neuilly.
Deux adresses de la haute société.

On t'a donc conseillée. J'ai d'abord pensé que ce *on*, c'était Pyrrhus. J'ai pensé, oui, mais sans la moindre preuve, le moindre élément. Jusqu'à la découverte, aux archives de la préfecture de police, d'un dossier consacré à ton amant. Dans un rapport des Renseignements généraux, il est écrit qu'à partir de 1954, Pyrrhus, qui continuait à revenir très souvent à Paris, s'était domicilié à Neuilly, au 148 boulevard Bineau. À quatre minutes à pied de Sainte-Marie, l'établissement où maman était inscrite. Ne m'a pas échappé non plus la *coïncidence* entre la date de son installation et la scolarité de maman, qui entre au collège la même année.
Quatre minutes à pied.
Cette phrase, encore et encore
toi, tu as eu de la chance, tu avais Pyrrhus.
Ce *tu avais Pyrrhus*, pour moi, ça voulait dire l'argent, la pension, peut-être l'appartement.
Me suis-je trompé ? Maman pensait-elle à une aide d'une autre sorte, une aide logistique, affective ?
Quatre minutes à pied.
Maman allait-elle voir Pyrrhus après l'école ? L'aidait-il à faire ses devoirs ? Avait-il son mot à dire dans son éducation ? Lui a-t-il transmis son goût pour les livres, qui lui donnera plus tard envie de se lancer dans le

journalisme, de fréquenter des artistes et des écrivains ?
Maman connaissait Pyrrhus. Elle me l'a fait comprendre les derniers jours
chaque fois qu'il venait, il amenait des poupées.
Elle le connaissait, oui, mais jamais elle ne l'appelait *papa*.
Je me suis demandé comment elle s'était comportée avec lui, si elle n'avait pas hurlé, tapé, fait la folle, si elle ne l'avait pas effrayé. Que savait-elle de cet homme, de vous deux, de votre histoire ? Que lui avais-tu raconté ?
Supposons que Pyrrhus ait été le père de maman.
Non. Tu vois, en prononçant ces mots à voix haute, je me rends compte... Cette phrase ne pouvait pas être dite. Elle ne pouvait pas même être pensée. Elle ne pouvait tout simplement pas exister. Pyrrhus était marié, il était le neveu du primat d'Espagne, et lui-même un dignitaire du régime franquiste. Point.
As-tu menti à maman ? Lui as-tu martelé que Pyrrhus n'était pas son père, non pas parce que c'était la vérité, mais parce qu'il ne pouvait pas en être ainsi ? Pyrrhus était prêt à t'offrir tout l'or du monde, mais à cette unique condition que jamais ni toi ni maman ne fassiez état de votre relation avec lui. Et pour être certain

qu'une petite fille ne trahît pas ce secret, il fallut qu'à elle aussi il ne fût pas dévoilé.

Est-ce cela ? As-tu dressé maman à croire à l'impossibilité que Pyrrhus ait pu être son père ? Sur son lit d'hôpital, elle en semblait tellement convaincue *Pyrrhus n'était pas mon père... j'aurais bien aimé.*

La première fois que j'allai à Picorella, j'eus l'impression de me trouver devant un château en carton-pâte. Un château de contes pour enfants, avec un immense parc aux pelouses tondues à ras, aux haies bien taillées. C'était à l'occasion d'un festival de musique organisé l'été par les héritiers de Pyrrhus. Je me souviens d'une grande cour pavée au milieu de laquelle s'élevait la statue d'un homme au visage lourd. Je crus que c'était celle de ton amant mais je n'en suis plus bien sûr à présent. Dans ma tête déjà trottait l'idée, qui ne reposait pas sur grand-chose, que Pyrrhus pouvait avoir été le père de maman, et donc mon grand-père. Dix ans plus tard, je m'attendais à retrouver le même château en carton-pâte, la même statue. Mais, peut-être à cause de la tempête – pluie battante et grandes bourrasques –, l'endroit me parut plus singulier. Plus vrai. On était en novembre, et le parc se dévoilait, sans filtre. Le vert de la végétation avait une intensité, une profondeur, un éclat presque tropicaux. J'étais venu consulter les archives de Pyrrhus, que ses descendants mettaient à la disposition des chercheurs, des historiens. Après avoir jeté un coup d'œil à la bibliothèque dressée sur plusieurs mètres, opulente et majestueuse comme une cathédrale, je fus conduit par l'archiviste, madame Inés, une femme sans âge et à l'allure stricte, à l'étage, dans une pièce étroite au vieux parquet grinçant. Là, dans une armoire en bois, une centaine de petits tiroirs où étaient rangées des fiches avec des intitulés – *Famille, La Firme, Discours, Ambassade* –, des dates et des cotes. Je n'avais que deux matinées, impossible de tout consulter – madame Inés se montrait intransigeante sur le respect des horaires. Je me concentrai donc sur *Famille* avec l'espoir naïf – mais à quoi bon sinon se déplacer ? – que je finirais par découvrir, ou ton nom dans une lettre, ou la clé du mystère, le *Rosebud* de ton ancien amant. Il n'en fut rien. Pyrrhus se livrait peu, même à ses proches. Et si des aveux signés de sa main ont un jour existé, des regrets, des confessions, sa famille les aura certainement détruits.

De la main de Pyrrhus, j'ai trouvé quantité de documents, des rapports, des correspondances, des instructions. Assez pour me faire une idée de l'homme que tu as aimé : secret, méfiant, très organisé, hypocondriaque. Une figure féodale, distribuant les rôles et les tâches, une armée de gens à son service. Catholique fervent mais infidèle ; préférant l'ombre à la lumière mais vaniteux ; gestionnaire pondéré mais politique imprudent.

La guerre d'Espagne a bouleversé son existence : séquestré dans son château, ses comptes bancaires saisis, son domicile saccagé, une partie de ses tableaux, de ses bijoux, détruite ou volée. Et cependant Pyrrhus a-t-il jamais été aussi heureux que durant ces années-là ? Sa famille réfugiée à Genève, il put se déplacer où il voulait, quand il voulait. À Paris il continua à descendre au Continental, toujours la suite 138, celle avec la vue sur les Tuileries. Les circonstances, exceptionnelles et tragiques, vous avaient rapprochés, jamais vous n'aviez passé autant de temps ensemble. Tu l'admirais, tu le cajolais, tu tremblais pour lui, cet homme qui s'agitait, soudain investi d'une mission, d'une cause. À la faveur des événements, Pyrrhus, héritier indolent jusque-là, s'appropriait un destin, exalté par un combat qu'il considérait comme juste, déterminé à sauver sa fortune. À Burgos, le quartier général des putschistes, son oncle, le primat d'Espagne, l'avait présenté à Franco, et Pyrrhus s'en était amouraché, cristallisant sur cet homme austère, taiseux, ses espoirs de reconquête et de retour à la vie d'avant. Il donna de l'argent, beaucoup. Il joua les diplomates de l'ombre, à Paris, à Berne, à Turin. Il dénonça *les anarchistes et les communistes qui veulent s'imposer par la terreur avec des crimes si horribles qu'il est impossible de les concevoir.* Il fit capoter la livraison par la Suisse de cent mille fusils aux armées républicaines. Il s'enrôla dans la Phalange, la branche la plus meurtrière du camp nationaliste. Il offrit à Franco une voiture blindée conçue spécialement pour lui. Et, par-dessus tout, il fit couper l'électricité dans la Grande Ville, précipitant sa chute le 26 janvier 1939.

La suite, tu la connais. Le lendemain, Pyrrhus était nommé maire de la Grande Ville. Votre parenthèse enchantée se terminait. Finis, ses longs séjours à Paris, vos nuits au Continental, vos virées sur la Riviera, à Théoule ou ailleurs. Pyrrhus et les siens avaient triomphé, ils allaient récupérer leurs usines, leurs ouvriers, leurs comptes en banque, leurs bijoux, leurs tableaux, et sa grande famille, bientôt, pourrait quitter Genève – où tous ils avaient fini par sombrer – et reprendre ses quartiers en Catalogne.

Comment l'as-tu appris ? Dans les journaux ? Ou, pressentant le destin qui guettait, t'avait-il préparée ? A-t-il hésité ? À quoi bon se salir les mains, risquer l'opprobre populaire quand on peut à nouveau jouir de ses biens sans entraves ? Voilà ce que tu as pensé, je le sais. Mais as-tu osé le lui dire ?

Pour obtenir de ses nouvelles, il te fallut courir au kiosque des Champs-Élysées, sortie du métro Marbeuf, parcourir la presse antirépublicaine qui dépêchait régulièrement des reporters dans la Grande Ville.

T'imaginer à l'affût d'une phrase, d'une photo, d'un message dissimulé, d'un code convenu entre vous.

Comment communiquer avec lui ?

Des portraits furent consacrés à Pyrrhus, cet *ami de la France*, des entretiens publiés. Dans *La Liberté*, l'organe du fasciste Jacques Doriot, il est décrit comme un homme *plutôt petit de taille, avec de grands yeux vifs et une forte moustache qui barre un visage sans cesse en mouvement. Il parle avec une chaleur continue*. Au journaliste sous le charme, Pyrrhus fait cette confidence :

Quand la Grande Ville s'est offerte à nos yeux... Quelle émotion !... Pourquoi le cacher ?... Mon cœur battait très fort dans ma poitrine.

Dans *L'Action française*, Pyrrhus met en garde les artistes français désireux de se produire à la Grande Ville :

Pas de revues légères et court-vêtues, pas de comédies pornographiques, pas de spectacles malsains. Votre répertoire est assez riche en œuvres de très grande valeur, et je crois que Racine, Corneille, Molière seraient accueillis avec une vive satisfaction par l'élite intellectuelle de la Grande Ville.

La répression là-bas – et dans le reste de la Catalogne – fut terrible : trois mille républicains fusillés après la guerre. J'ai cru – craint – que Pyrrhus avait eu une responsabilité dans ces massacres. Ce ne fut pas le cas, m'a-t-on assuré. Il y avait une juridiction spéciale, des militaires pour s'occuper de ce genre de choses. La mort n'était pas son métier. Mais par sa présence ton amant a cautionné cette politique sanguinaire.
À des historiens, j'ai demandé pourquoi Pyrrhus avait accepté de prendre des fonctions pour lesquelles il n'avait ni expérience ni compétence, au risque de laisser ses affaires péricliter.
Au risque aussi de te perdre (mais ça, les historiens l'ignoraient).
On ne disait pas non à Franco
ont-ils répondu.

Et la vanité peut-être. Cette illusion adolescente : laisser son nom dans l'Histoire.

Mairie de la Grande Ville. 23 octobre 1940. Une longue table rectangulaire. Des chandeliers, des corbeilles de fruits, des verres de vin. Autour, des domestiques en livrée ainsi qu'une dizaine de convives parmi lesquels des officiers allemands. Je reconnais à peine Pyrrhus. Ton amant s'est épaissi, visage joufflu. Il préside le repas et pour l'occasion a revêtu sa tenue de phalangiste. Son voisin de droite, l'homme avec qui il parle, son invité d'honneur, c'est Heinrich Himmler, le Reichsführer, autrement dit le chef des SS, l'homme de la terreur nazie. Himmler, que l'on reconnaît à ses petites lunettes cerclées, ne regarde pas Pyrrhus, il l'écoute d'une oreille, l'air un peu ailleurs. Presque ennuyé. Songe-t-il à la rencontre, ce matin à Hendaye, entre Hitler et Franco ? Ou à son excursion de l'après-midi au sommet du Montserrat, cette montagne près de la Grande Ville qui aurait servi de cadre aux légendes du roi Arthur ? N'importe. Seul m'intéresse Pyrrhus, et pardonne-moi si je ne trouve pas les mots pour te dire ma stupeur. Himmler, personnage des plus infâmes, qui bientôt orchestrera l'extermination des Juifs d'Europe, et aussi des Tziganes, des homosexuels... Pyrrhus eût pu le poignarder au cœur, l'égorger, l'empoisonner, devenir un héros. Il a préféré casser la croûte avec lui. À sa condamnation morale, pas de circonstance atténuante. Le voici, ton amant déchu, qui brûle à jamais dans les Enfers de l'Histoire.

Tu as aimé Pyrrhus, soit. Mais qu'as-tu aimé chez lui ? L'homme qu'il était ou la vie qu'il t'offrait ?

Tu as laissé la ville derrière toi, sa lumière unique, sa baie spectaculaire et son ange gardien tyrannique, le Vésuve et ses giclées de lave ; l'eau immobile, huileuse, lourde, l'eau tentatrice, marécage assassin qui recouvre les fuyards de son manteau fatal. Tu t'es échappée par ambition, parce que tu refusais la vie ordinaire qui t'était promise. Je me souviens combien, pour maman et toi, le mot *ordinaire* désignait ce qu'il y avait de pire chez quelqu'un. Il ne fallait pas fréquenter *les gens ordinaires*, encore moins leur ressembler. Tu n'avais rien d'une femme ordinaire, Pià Nerina. Ton père ruiné, la perspective d'un bon mariage, comme celui qu'avait fait ta sœur Ilda, s'éloignait. Il t'a fallu te battre avec d'autres armes, une autre langue. À la maison, maman et toi évoquiez Naples comme une réplique de l'enfer. J'imaginais une masse grouillante, crasseuse, affamée, prête à vous sauter à la gorge pour un quignon de pain. Quant aux de Cecchi, que je n'avais alors jamais vus, ils étaient décrits comme une bande de *miséreux*, de *ratés*, de *parasites* qu'il fallait coûte que coûte tenir à distance.

Maman venait d'entrer à l'hôpital, et je lui avais raconté ma rencontre, un mois plus tôt, avec ton neveu V. Elle m'a dit
ah Naples, c'est affreux, non ? C'est sale. Et V. ? Il a fait des enfants ? Il n'avait que ça à faire ! Tu perds ton temps, ils ne sont rien, tous ceux-là, ils ne savent rien, il n'y a rien à gagner à les fréquenter.
Là-bas, j'avais appris son titre de Miss Ischia en 1962. Quand j'ai voulu lui en parler, elle a soupiré
je ne m'en souvenais même plus... ce sont des choses mortes tout ça.

Tes premières années, tu les as passées sur la via Toledo, dans un hôtel-restaurant au nom étrange, *Hôtel de la Folie*. Qui a eu l'idée de l'appeler ainsi ? Ton père, Attilio Salvadore, *de la famille des barons de Cecchi* ainsi qu'il se présentait sur le prospectus commercial ? Et pourquoi ? Parce que cet aristocrate calabrais aimait le français ? Très bien. Mais pourquoi

la Folie ? La folie de qui ? Quelle folie ? Qui voudrait dormir dans un hôtel avec un nom pareil ? Peut-être aurait-il suffi de demander aux parents, aux amis, et tous ils auraient dit
Attilio, ce n'est pas possible ! « Hôtel de la Folie », ça va te porter malheur.
Soit Attilio n'avait ni parents ni amis, soit il ne les a pas écoutés. L'Hôtel de la Folie a donc vu le jour, les premiers annuaires à mentionner son existence – ou celle d'*Hôtel La Folie* – remontant à 1893. Et tout au long de sa vie la guigne escorta le pauvre Attilio, et son mariage avec l'exigeante Emma Buono, la *baronessa*, fut une des prémices de sa déroute future. La folie rôda dans les couloirs exigus de l'hôtel, imprégnant d'un liquide poisseux, pénétrant, tes frères, tes sœurs, ton père, ta mère, et toi aussi il faut bien l'admettre, jetant sur vous le mauvais sort qui finirait par vous éradiquer. Dans la mythologie familiale, l'Hôtel de la Folie est le paradis perdu des de Cecchi. Il fut surtout leur tombeau. Un siècle plus tard, en dépit de l'union prolifique entre Attilio et Emma – treize enfants –, la lignée des de Cecchi s'apprête à s'éteindre.

On compare souvent la via Toledo aux Champs-Élysées, artère passante et commerciale, point de ralliement au cœur de la ville, son reflet le plus brillant. En 1900, Toledo était une rue bourgeoise, avec ses hommes costumés, ses femmes en robe longue, serrée à la taille. L'hôtel de ton père occupait le deuxième étage d'un édifice du dix-huitième siècle, au 329. Des heures à épier devant l'entrée, à me figurer, déployée sur la façade en vieux rose, cette enseigne, *HÔTEL DE LA FOLIE*, son balcon filant, et puis toi, tes yeux avides rivés sur les calèches, les conducteurs en chapeau claque, les premières autos. La foule à l'entrée du Teatro dei Fiorentini.

Un matin de septembre je me décide : pénétrer dans le bâtiment, monter dans les étages. L'endroit est sacré, tu y es née, tu y as grandi, et je suis intimidé. Tout m'intrigue, me fascine : l'escalier en marbre, les enfilades de petits appartements – des cabinets d'avocats pour la plupart –, les portes en bois sombre, le vieil ascenseur, les fenêtres Art déco, les lampes-lanternes... Pas du tout le bouge sordide que j'imaginais en vous écoutant, maman et toi.

Posséder ici un étage entier, c'était un capital, le gage d'une vie confortable. Au début du siècle, les de Cecchi avaient une gouvernante, ils envoyaient les nouveau-nés en nourrice, *à la campagne*, louaient l'été une maison à Ischia. Ils avaient même, dit-on, une loge

à l'année au Teatro San Carlo, où vous, les enfants, vous rendiez à tour de rôle.
Que s'est-il passé ? Pourquoi Attilio et Emma ont-ils perdu l'Hôtel de la Folie ? Pourquoi cette accumulation d'hypothèques, de séquestres, de saisies judiciaires ? Cette déchéance ?
À cause du fascisme ? Ou de cette flopée de gosses à nourrir, à loger ?
(Et les hurlements dans les couloirs, les courses dans l'escalier, les bagarres entre frères et sœurs, ce ramdam ? Et la *baronessa*, furie qui terrorisait son mari, lui faisant chaque jour des scènes terribles, avec des cris, de faux évanouissements ? Son appétit sexuel insatiable. Et l'aînée, Clara, *laide comme les sept péchés capitaux* disais-tu, sans cesse à moucharder, à chercher querelle. Les clients ont supporté ça ?)
Mais peut-être simplement Attilio était-il devenu trop vieux, trop malade pour continuer à s'occuper de son établissement.

Ton prénom viendrait du grec et voudrait dire *nymphe de la mer*. Il te va bien donc, si j'en juge par le nombre de photos de toi sur une plage ou en train de te baigner. Par sa sonorité, son étrangeté, il évoque un monde qui serait déjà l'Orient, sinueux, voluptueux, bordélique, un monde qui toujours était regardé de haut par les Lombards, les Vénitiens, les Piémontais, ces gens du Nord à la peau pâle et aux cheveux clairs. À onze ans, tu as la tête d'un garçon manqué, visage angoissé, tignasse ébouriffée, regard noir, presque rageur, la rage d'un boxeur. À dix-huit, radieuse, tu prends la pose sur un tapis de danse, tes cheveux épais enveloppant des traits purs et un sourire angélique. C'est le portrait d'une madone, et je pense à cette phrase de l'écrivain Jean-René Huguenin :

Elle est de ces êtres qu'on a envie d'aimer, simplement pour les rendre heureux.

HÔTEL DE LA FOLIE

Ce constat, Pià Nerina : jusqu'à ton emménagement avenue Montaigne, tu as vécu uniquement dans des hôtels, des *meublés*. De l'Hôtel de la Folie à l'Hôtel d'Angleterre, tu as navigué dans ces mondes souterrains, frayé avec une faune de personnages, prostituées, marlous, petits escrocs. Alcooliques et drogués. Te sentais-tu rassurée, insaisissable dans ces endroits à la marge, hostiles aux uniformes, aux percepteurs ? Les hôtels sont des nids à histoires, adultères, *deals*, meurtres, vols... Et les suicides. Dans l'entre-deux-guerres, les jeunes Napolitains se tuent pour un oui pour un non, et beaucoup le font dans un hôtel. La mort aime les hôtels, elle les fréquente, finit toujours par y revenir.
Et à l'Hôtel de la Folie, combien de clients venus se foutre en l'air ? Combien de macchabées découverts, Pià Nerina ? La mort déjà t'attirait ? Hôtel de la Folie... un nom tout indiqué. Et quand, bien des années plus tard, tu t'es accroupie sur le rebord de la fenêtre de la cuisine, dans cet appartement qui fut ta prison, le vide et la nuit glacée devant toi, as-tu pensé à ceux-là, à ces hommes, à ces femmes jamais descendus prendre leur petit déjeuner ? Leurs visages te sont-ils apparus ? T'es-tu sentie soulagée parce que tant d'autres t'avaient

précédée – et peut-être t'attendaient-ils –, cela t'a-t-il donné du courage ?

J'ai consulté à Milan, chez ta nièce A.M., la liste de tes frères et sœurs, et le cas d'Ilda, ton aînée de sept ans, m'a vite trotté dans la tête. Son prénom déjà. Rien d'italien, de napolitain. Mais surtout il y avait l'indication d'une mort précoce, à une date indéterminée, et à la suite le mot *suicide*. L'intuition qu'elle et toi partagiez un destin commun : même signe astrologique – Scorpion –, même type d'ascension sociale – l'union avec un homme –, même issue tragique.
Ilda était une jolie fille. Elle avait épousé Antonio, rejeton d'une figure éminente de la ville, Giovanni R., chimiste, maître du Grand Orient, collectionneur d'art. Le couple eut deux garçons, Fausto et Orazio. Ilda se serait tuée peu après en absorbant de la teinture d'iode. À cette mort brutale, deux hypothèses : la trahison – Ilda aurait été trompée par son mari – ou la folie. Les descendants des R. disent ne rien savoir. Les garçons ne parlaient jamais de leur mère. Leur amour filial s'était aussitôt reporté sur la seconde femme d'Antonio, épousée dans la foulée. Ilda fut effacée des mémoires familiales.

HÔTEL DE LA FOLIE

Un siècle plus tard, je la vois, cette femme, te prendre sous son aile, t'inspirer comme *la grande sorella* qu'elle était, ou comme une mère puisque la tienne ne s'intéressait pas à toi. Je la retrouve chez les R., le soir, malheureuse autour de la table à manger, dans cette famille pétrie de culture, de savoir... La teinture d'iode comme un ultime pied de nez à son chimiste de beau-père. Ce ne sont que des suppositions, hein, Ilda je ne la connais pas, je lui prête un caractère, une ambition, un mal-être, mais c'est à nouveau toi à travers elle que je cherche.

De ses deux fils, l'aîné, Fausto, devint un publicitaire renommé, donnant de fastueuses réceptions dans son appartement de la piazza Sempione, à Milan ; l'autre, Orazio, passa sa vie adulte à l'hôpital, muré dans le silence, incapable de communiquer avec le monde extérieur. Ses neveux ne surent son existence qu'après sa mort. Deux pôles : le rayonnant, socialement positif (les R.) ; et le sombre, caché, honteux (les de Cecchi). Antonio remarié en 1930, on peut situer la mort d'Ilda entre 1927 et 1929. Tu avais une vingtaine d'années, Pià Nerina. Le suicide de cette sœur admirée, la faillite de l'Hôtel de la Folie, la disparition de ton père, auquel il n'a pas été fait la grâce d'une sépulture, ces événements surviennent durant un laps de temps assez court. À la même époque, ton frère aîné, Mario, le préféré de la *baronessa*, adhère au parti de Mussolini, à la section de Montecalvario. Plus d'argent, une morale qui s'étiole, un déclin inéluctable... Est-ce tout cela qui t'a poussée à partir, à quitter cette famille qui n'avait plus rien à offrir, cette ville vérolée par la misère et le fascisme ?

Tu as fui Naples en compagnie de Bice, ta cadette, ta confidente. Des photos où vous posez côte à côte, je suis frappé par vos dissemblances. Cette petite sœur pataude te regardait avec une admiration béate. Toi, la grande vie à Paris avec Pyrrhus ; Bice, un mariage bancal à Milan avec Teodoro, un ouvrier. En juin 1940, en pleine offensive italienne contre la France, ta sœur donna naissance à une première fille. Elle la baptisa Nerina. Hommage, disait-elle, à ta *force de caractère*, à ta *détermination à devenir riche*.
L'as-tu connue, cette enfant ? Je ne sais rien d'elle sinon les circonstances de sa mort. Une promenade à vélo avec son père, un camion... Elle allait avoir six ans. Quand j'ai su l'histoire, j'ai pensé à cette règle chez certains Juifs : on ne donne pas à son enfant un prénom déjà existant dans sa famille. Deux personnes avec le même prénom, c'est une de trop.

Jamais tu ne m'avais parlé de cette Nerina. Et maman pas davantage. Pourquoi ce silence ? Pourquoi toujours dissimuler les choses importantes ? Peut-être aurais-je mieux compris vos hantises, vos interdictions... les voyages en car, monter dans une voiture, le vélo. Cette peur écrasante dès que je mettais le nez dehors. À combien de week-ends chez des copains, à combien de vacances ai-je dû renoncer parce que la route vous faisait peur ? Je porte en moi l'histoire de cette petite fille, comme je porte en moi l'histoire d'Orazio, le fils d'Ilda. Ils sont là depuis toujours mais je ne le savais pas, je ne les connaissais pas.

Il m'arrive parfois de penser à eux à présent, à leur supplice, à cet Hôtel de la Folie qu'ils n'ont pas connu, à la fatalité qui les a frappés. Dans une famille, il faut que certains paient pour que d'autres jouissent. Mais eux, qu'ont-ils payé ? Et pour qui ?

Parcourir tes albums, ta correspondance. Comprendre que jusqu'à la fin le ciel napolitain est resté ton horizon.
Toi et tes frères – Mario, Umberto, Guido – sur une plage (*1939*).

Toi et la *baronessa*, que pourtant tu ne portais pas dans ton cœur, sur la même plage. Une femme aux cheveux blancs, sèche et austère comme une Amish (*1939*).
Toi et ton cadet Ugo dans une salle enfumée et pleine à craquer (*réveillon 1954*).
Tu sembles à ton aise parmi ces gens ordinaires, parents dont tu oubliais l'existence à Paris mais que tu te réjouissais de retrouver là-bas, même si tu flairais leur envie, leur jalousie. À ceux-là, que racontais-tu de ta vie en France ? Avaient-ils entendu parler d'un Pyrrhus, d'un fiancé qui t'aurait voulu du bien ? De l'Hôtel d'Angleterre, du Rochester, ces meublés près des Champs-Élysées où tu habitais ? Savaient-ils que tu étais une femme entretenue, et d'ailleurs savaient-ils ce que c'était, une femme entretenue ?
Tu revenais à Naples, de la joie et des cadeaux plein les bras, humer ta terre natale, t'imprégner des odeurs, de la lumière, de l'air électrique, du brouhaha des grandes tablées, à Noël, au Nouvel An, et il y avait là quelque chose d'organique, d'animal. Tu n'étais pas là pour réclamer de l'argent, de l'aide, un soutien, non, c'était un besoin plus profond quand sur l'avenue Montaigne tu jouais *les dames de la haute*, fouler dans la ville les pavés de lave, longer la via Caracciolo, être avec les tiens, peu importent les déceptions, les promesses non tenues de ces retrouvailles. Et jusqu'à la fin tu

as continué à retourner là-bas, pour répondre à ce besoin, à cet appel, et tant pis si les frères, les sœurs finissaient par t'insupporter, tant pis si leur mesquinerie, tant pis si ces héritages faméliques autour desquels ils s'empoignaient, tant pis si mille fois tu jurais *plus jamais*. Tu as continué comme j'ai continué, presque jusqu'à la fin, à retourner voir maman, et tant pis si elle finissait par m'insupporter, tant pis si sa mesquinerie, tant pis s'il m'était impossible d'oublier, tant pis si mille fois je jurais *plus jamais*...

Où est née ton ambition ? Pourquoi de ta fratrie ce destin si différent ? De l'Hôtel de la Folie, modeste auberge sur Toledo, à l'appartement 138 de l'hôtel Continental où descendait Pyrrhus, il y avait un monde. Plusieurs mondes même. Quelle force t'a portée pour les franchir ? Quelle nécessité ? La faim ? Une quête de respectabilité ? Pourquoi ne pas t'être unie à un médecin, à un avocat, ou à un écrivain, tiens !, ta vie aurait été plus simple... Pas besoin d'usurper le nom d'un inconnu, de mentir à des inspecteurs de police. Non, il y avait autre chose, un sentiment plus intime, plus viscéral, une folie, et comme toutes les folies ça ne se mesure pas, ça ne se conçoit pas, ça ne se dit pas. Pourquoi avoir quitté Naples, que s'est-il passé là-bas pour te décider à fuir ? Ces questions, je tourne autour depuis des années, je tourne dans le vide puisque personne ne sait quoi que ce soit, puisque tu n'as pas daigné laisser une lettre, un testament, un bout de papier. Éclairer l'homme que je deviendrais.

Je découvre ta ville comme si rien ne me rattachait à elle. Je me sens lésé d'un savoir, d'une mémoire, d'une langue qui m'appartenaient de droit. Je t'en veux, Pià Nerina. Pourquoi ne m'avoir jamais emmené à Naples ? Tu y étais retournée pourtant – j'avais cinq ou six ans. Mais tu m'avais laissé à Paris, seul avec maman. Notre première séparation. Ma colère.
Longtemps j'ai jalousé ce monde interdit, ce monde qui m'éloignait de toi, vers lequel toujours tes pensées revenaient, ce monde que le petit garçon que j'étais ne suffisait pas à te faire oublier. J'associais Naples à des odeurs de légumes, à des couleurs vives, joyeuses, à de la poussière, à de la saleté. À du danger aussi (aucune raison sinon de partir sans moi).

HÔTEL DE LA FOLIE

Déambulation mélancolique : l'église Santa Maria del Parto et ce tableau, *Saint Michel terrassant le démon*, créature féminine au visage angélique ; le quartier de Mergellina et ses bateaux de pêcheurs ; le bord de mer à la tombée du jour, quand le soleil déclinant saupoudre le ciel d'une poussière d'or au-dessus de la ville.

Quel démon suis-je venu terrasser ici ?

Un passé honteux ?

Un cortège de fantômes, mes frères et mes sœurs d'âme – Nerina, Ilda, Orazio, Attilio – desquels je portais sans le savoir les destins ?

Ou une malédiction napolitaine, le mauvais œil d'un hôtel disparu il y a longtemps et qui n'aurait jamais cessé de me poursuivre ?

Ce rêve, la nuit dernière.
L'appartement a été vendu. Dernier inventaire. La moquette recouverte de gravats, d'écailles de peinture. Un peu partout sur les murs, des fissures béantes. Dans le couloir, un fauteuil éventré, et, séchant sur des étendoirs, des draps tachés de sang.
Je te trouve dans la cuisine, tu es en train de laver les rideaux. Sur le rebord de l'évier, un paquet de Génie, la lessive que tu utilises. Je reconnais son odeur.
Il fait presque nuit, et tu as allumé la lumière du plafonnier. J'étais pourtant certain d'avoir coupé l'électricité.

Qu'est-ce que tu fais, mémé ?
Tu vois bien, je nettoie. Demain, il y a des invités, il faut préparer l'appartement.
Ce ne sont pas des invités, mémé, ce sont les nouveaux propriétaires.

La nouvelle te surprend. Tu as soudain l'air triste.

Je ne veux pas vivre là où tu es morte.
Je ne suis pas vraiment morte.
Il s'est passé beaucoup de choses.
Je sais, je suis au courant de tout. Aide-moi.

Je sors les rideaux de l'évier et les essore avec toi. Ils sont lourds, gorgés d'eau. Nous restons un long moment sans nous dire un mot, l'un en face de l'autre, debout, à accomplir cette tâche. La cuisine se remplit d'odeurs de friture, les odeurs de la vieille poêle huileuse que tu nettoies avec un Sopalin, *pour ne pas l'abîmer* dis-tu.

C'est notre maison ici.
Oui, mémé. Tu n'as pas vieilli.
Notre amour n'a pas vieilli.

Ta voix est lointaine, presque métallique.

Pourquoi ne pas vivre tous les deux, maintenant que maman n'est plus là ?
Nous vivons tous les deux depuis toujours.

Nous continuons à essorer les rideaux. Des litres d'eau se déversent sur le carrelage, et nos pieds, nos chevilles trempent dans une mare assez profonde.

Enlève tes chaussures, tu vas attraper froid.
Oui, mémé.
Et tes chaussettes aussi.

Nous finissons d'essorer, le niveau de l'eau est encore monté. Il atteint ton bassin, puis tes épaules, puis ton cou. Ton visage à présent. Tu as enlevé tes lunettes et tu me regardes fixement. Des larmes mouillent tes yeux, coulent sur tes joues. Je voudrais faire un geste, poser ma main sur toi, mais mon corps reste inerte, comme s'il ne m'appartenait plus.
Tu as disparu et je suppose que l'eau t'a engloutie. Je demeure figé, sans un cri, un morceau de rideau déchiré entre les mains. L'appartement sombre mais je n'ai pas peur. Je réalise seulement maintenant à quel point tu étais petite.

L'Occupation : tes années les plus ténébreuses, les plus propices aux fantasmes, aux conjectures. Tant d'événements, la guerre bien sûr, mais aussi dans ta vie : la naissance de ta fille, ton divorce, ton déménagement. Autour des Champs-Élysées, les hôtels sont réquisitionnés par la Wehrmacht, et tu quittes la rue La Boétie pour le faubourg Saint-Honoré, au 214, près de l'Étoile. Dans les annuaires de l'époque, à cette adresse, une société, Saint-Honoré Studios, probablement de petits appartements à louer. Et ces questions, toujours : qui paie ? Et pourquoi ? Un logement à cette adresse, même modeste, cela veut dire plus de confort, d'indépendance. De discrétion aussi. J'en conclus que tu t'installes là après avoir appris ta grossesse, à l'automne 1941 ou durant l'hiver 42. L'arrivée de cet enfant chamboule ta vie. Elle te décide à demander le divorce, ainsi qu'une enquête de police pour savoir ce qu'il est advenu de ton époux, François Puigdemon. Il te faut jouer la comédie de la femme abandonnée. Et payer : l'avocat, les frais de procédure...

Qui est le père de maman ? Au moment de sa conception, Pyrrhus était maire de la Grande Ville. Un personnage public, des responsabilités importantes, mais plus la même liberté que durant la guerre civile. Surtout, la géographie était bouleversée, la France coupée en deux, les déplacements surveillés. On craignait les attentats, les sabotages. Difficile pour un dignitaire franquiste de voyager *incognito*, sans gardes du corps. Est-il possible que durant cinq ans vous ne vous soyez pas vus ? Que pas une fois ton amant ne soit venu à Paris, dans l'une de ses voitures ou par le rapide de Portbou ?
À quoi bon spéculer ? Je n'ai pas trouvé trace d'un tel séjour et je n'ai donc aucun motif sérieux pour avancer que Pyrrhus était mon grand-père. Te voilà rassurée ? Ce doute toutefois : en novembre 1941, il fut promu à l'ordre de la Couronne par le roi d'Italie. C'était une décoration importante, il ne manquait pas de le souligner dans son courrier. S'est-il rendu à Rome pour la recevoir des mains de Victor-Emmanuel III ? Si oui, il est possible, voire probable, qu'il soit passé par le sud

de la France. Le long de cette Riviera où vous aviez vos habitudes.

Balade automnale à Neuilly. La dignité distanciée de ses façades bourgeoises, les stores bord de mer, une élégance surannée. C'est ici, boulevard du Château, à la clinique Sainte-Isabelle, que tu es venue donner naissance à maman. La grille, la bâtisse blanche sur deux étages laissent plutôt penser à une maison de repos. Un avis de fermeture a été placardé. Dans l'allée, un tapis de feuilles mortes.
Tu voulus célébrer l'arrivée de ta fille avec un prénom qui exprimât ta joie et tes espérances. Ce fut Victoria. Le lendemain, à la mairie, une sage-femme alla déclarer l'enfant.
Tu étais donc seule lors de l'accouchement : personne pour te soutenir, te prendre la main, te murmurer ces mots simples et rassurants
ne t'inquiète pas, Pià Nerina, je suis là.

Dis, pourquoi Pyrrhus, jusqu'à sa mort, a continué à te verser une pension tous les mois ? À cette question,

une seule réponse me vient : parce qu'il était le père de maman.
Ou bien, magnanime, a-t-il consenti, par la grâce d'un amour désintéressé, à vous doter d'une rente, bien que maman, conçue sous l'Occupation, ne fût pas sa fille ? Là encore je bute par ignorance. Quelle était la nature de votre relation, à Pyrrhus et toi ? Exclusive ? Il t'entretenait, soit, il payait ton loyer, t'assurait un train de vie confortable. Mais qu'attendait-il en retour ? Ta fidélité ? Y compris durant la guerre quand il délaissa Paris et la Côte d'Azur ? Ta fortune tenait-elle entre les mains d'un seul, Pià Nerina ? Ou avais-tu d'autres *mécènes*, ce qui eût été prudent ? Je n'ai pas trouvé de photos, de photos ambiguës, suggestives je veux dire. Mais les années d'avant, à Saint-Moritz, à Cortina d'Ampezzo, qui accompagnais-tu ? Ces types en arrière-plan, que te voulaient-ils ? Qu'espéraient-ils ? Si Pyrrhus jamais n'est venu à Paris de 1940 à 1944, si Puigdemon était un prête-nom, alors qui fut le géniteur de maman ? Un *cosaque*, un Russe blanc, un milliardaire en exil comme tu le prétendis devant tes frères napolitains ?
Pardonne-moi mais je n'y crois pas.

À présent je veux te contempler jeune maman. Une série de Photomaton, ton bébé dans les bras. Dans tes yeux, de la tendresse, un peu de mélancolie. De la détermination aussi. Tu regardes au loin, et avec quelle gravité. L'avenir est incertain, l'Allemagne nazie vient d'envahir la zone libre. Mais tu as confiance. Pas dans les hommes, dont la vanité, la volonté de puissance, la folie destructrice ont conduit à cette succession de cataclysmes. Tu as confiance en toi, en lui, et cela suffit.

Dans des ouvrages sur Paris occupé, l'espoir imbécile de trouver un indice, peut-être – qui sait ? – ton visage. Les photos en couleurs d'André Zucca montrent des hommes accoudés à la rambarde du métro Marbeuf en train de lire les dernières nouvelles. La terrasse du Colisée, un peu plus loin, aux couleurs rouge et blanc : de jolies femmes, des officiers allemands. Les murs tapissés d'affiches de propagande – *Ils donnent leur sang / Donnez votre travail pour sauver l'Europe du Bolchevisme*. Des centaines de bicyclettes et de vélos-taxis dévalant les Champs-Élysées.
Et toi ? Les tickets de rationnement – comment faire pour tes cigarettes ? Le froid. Les files d'attente devant

les magasins. Le marché noir. Comment vis-tu ? Avec quoi ?
Toujours j'en reviens à des considérations matérielles, et tu dois me trouver très terre à terre. Mais ne l'étais-tu pas tout autant ?
(Dans cette histoire, l'argent me semble être une matière plus palpable que la biologie ou les sentiments.)

Quels sont les plus beaux jours de ta vie, Pià Nerina ? La naissance de maman. La rencontre avec Pyrrhus, du moins l'instant où tu as surpris dans son regard une lueur inquiète, presque suppliante.
Il est une autre date que je crois importante : le mardi 28 août 1945.
Tu as bientôt trente-huit ans, une fillette de trois ans que tu élèves seule. Il y a un an, Paris a été libéré. La guerre se termine et, comme tous, malgré les privations, tu aspires à vivre en paix. Voir ta fille grandir. Déjà tu la rêves éblouissante, spectaculaire, flattant l'orgueil de Pyrrhus. Mannequin ou femme d'affaires, figure du Tout-Paris.
Ce mardi 28 août 1945, à ce dessein tu poses la première pierre. Contre la somme de huit cent mille

francs, te voilà propriétaire d'un appartement de cent mètres carrés avec vue sur l'avenue Montaigne. L'acte est enregistré chez maître Édouard du Boys, notaire, 116 Faubourg-Saint-Honoré. Finis, les meublés, les hôtels. Pour la première fois, tu possèdes un bien. De la pierre. Immeuble Belle Époque avec ascenseur et escalier de service. Le quartier est prestigieux : le Théâtre des Champs-Élysées et le Plaza-Athénée ont vu le jour peu avant la Grande Guerre et, les uns après les autres, s'établissent les meilleurs couturiers : Paul Poiret, les sœurs Callot, Christian Dior bientôt.

Connaissais-tu Marthe Lemestre ? La taulière du Sphinx, un des lieux de débauche les plus courus du Paris de ton époque. Dans ses Mémoires, cette femme d'à peu près ton âge raconte avoir été la maîtresse d'un richissime industriel, Marcel B., qui lui louait une suite au Grand Hôtel. Un jour, elle lui dit *je ne veux pas continuer à vivre comme cela à l'hôtel. Je veux un appartement.* Et aussitôt, écrit-elle, *il m'a acheté un quatre pièces, rue de la Pompe. On est allé chez le notaire et il l'a fait établir à mon nom.*

Est-ce la même histoire, Pià Nerina ? Pyrrhus te loue un meublé près des Champs-Élysées où il vient te voir discrètement. Maman naît, et tu finis toi aussi par lui dire
je ne veux pas continuer à vivre comme cela à l'hôtel.
Aussi riche que Marcel B., Pyrrhus peut se permettre de t'offrir un appartement, comme j'offrirais à mon fils un week-end à la mer. C'est un très beau cadeau mais ça ne change rien à sa vie. Ça lui coûte peu. Pour toi, en revanche, c'est la fin d'une errance. Tu obtiens ce que tu désirais depuis toujours : tu n'es plus une fille parmi d'autres, une fille qu'on colle à un micheton. Tu t'es affranchie, dorénavant propriétaire d'un appartement cossu dans les beaux quartiers de Paris. À Pyrrhus seul tu devras répondre. Tu penses à ton père, Attilio, à ta mère, la *baronessa*, à l'Hôtel de la Folie qu'ils ont perdu. Au sort qui les a accablés et auquel tu crois échapper. Pressens-tu la nouvelle vie qui t'attend, cette citadelle dans laquelle tu finiras par te cloîtrer, ta longue captivité ? Ou, toute à ton bonheur, tu ne songes qu'à ton enfant ?
Je regarde à nouveau tes premières photos avec maman. Et à cette jeune mère qui s'offre à mes yeux, les traits adoucis par la maternité, je veux crier, parce qu'il en va de sa vie, de laisser là sa fillette, oui, là, sur le siège de ce Photomaton, de s'en aller, s'en aller

maintenant, oui, ne pas attendre, courir, fuir, ne pas se retourner...
Elle fera ton malheur !
Mais mon cri ne t'atteint pas, tu continues à choyer maman, à la bercer, à la presser contre ta poitrine. Comment changer la fin de l'histoire ? Comment te sauver ?

Ce mardi 28 août 1945, Paris connaît un pic de chaleur. Je te vois longer les terrasses pleines de monde, jouir de l'atmosphère de cette fin d'été, joyeuse et sensuelle, un peu poisseuse. Je veux savoir tes pensées, tes désirs. Ton nouvel appartement est encore occupé, tu en prendras possession dans quelques semaines. Qu'as-tu prévu ce soir ? Un tête-à-tête avec ta fille ? Tu n'étais pas ce genre de femme, Pià Nerina. Cet événement, tu l'as célébré. Et avec qui sinon Pyrrhus ? Il y a quelques mois, ton amant s'est installé à Paris. Il est désormais ambassadeur. Il serait facile de me représenter une situation idyllique – d'ardentes retrouvailles, l'amour comme au premier jour, de jolies balades le long de la Seine –, et pourtant rien n'est moins sûr. L'homme que tu retrouves est marqué, fatigué. La fin de son mandat à la Grande Ville l'a éprouvé : des blessures d'amour-propre – son nom n'a pas été cité lors de la nomination de son successeur. Et surtout une trahison, presque un crime : Pyrrhus doit céder à l'État franquiste, à un prix bradé, le joyau de son empire, la Firme. L'ordre vient du palais présidentiel. Le voici à terre, ton homme de pouvoir, ta figure féodale, ton *Tycoon*... Humilié, spolié, expérimentant à ses dépens les *petits désagréments* d'une dictature. Il se garde bien de dire du mal de son maître. Il cible ses sbires, les militaires, cette engeance, et toi qui crains la politique plus que la gale tu comprends le subterfuge, l'aveuglement, son besoin de continuer à croire en cet homme qu'il sert depuis dix ans avec le dévouement d'un laquais.

Te voilà aux petits soins. Consoler Pyrrhus, lui qui a péché par naïveté – prêter à un dictateur un code d'honneur ! Qui s'est mis le doigt dans l'œil en imaginant laisser son nom dans l'Histoire. Meurtri, ton protecteur ! Mais tu es là, dans ce Paris qui se relève de quatre années d'occupation, avec ta fillette – la vôtre ? – qu'il découvre alors. Comment la regardait-il, cette enfant déjà tyrannique ? Avec indulgence ? Ou méfiance ?

Tu m'as légué une connaissance intime des Champs-Élysées. J'allais sur *les Champs* comme d'autres chez Carrefour ou chez Leclerc. C'était mon quotidien, et je ne voyais rien là d'extraordinaire. Au Prisunic, et aussi dans les galeries marchandes, le Claridge, le Point Show, les Arcades, la Galerie des Champs-Élysées, à présent disparue. Je me souviens de lieux un peu étranges, des bric-à-brac pour millionnaires. Le Drugstore du Rond-Point, qui vendait tout un tas d'objets, des Walkman et des couteaux suisses, des peluches et des téléviseurs. Les dernières années, le Drugstore fut supplanté par le Pub Renault. Mon Dieu, ce que tu devais t'ennuyer là-bas ! Tu commandais un Driving Rock, locomotive en forme de gâteau au chocolat, roues meringuées garnies de boules de glace à la vanille, pendant que je me glissais dans la foule qui tournait béatement autour d'une Formule 1 en toc.
À la Pizza Pino, trop touristique, tu préférais la Mamma, à l'angle de la rue Marbeuf, réduit sans

fenêtre où tu commandais des pizzas à emporter. Les bouquets d'odeurs âpres que crachait le feu de bois, le duo de voix graves et chantantes que vous formiez, le pizzaiolo et toi... En face, c'était Chez André, où tous les jours nous saluions ce personnage qui m'intimidait, peut-être parce qu'il sentait l'alcool et la mer, avec sa grosse bouille ronde et sa couperose au visage, l'écailler, dont je ne suis plus bien sûr du prénom. Paulo ? Il n'a pas dû faire de vieux os, celui-là. Rue Clément-Marot, le marchand de journaux, où chaque matin nous devions acheter pour maman, avant son réveil, *Le Quotidien de Paris* et *Le Matin de Paris*. Je t'entends encore marmonner
à quoi ça sert, tout ce papier, si c'est pour rien faire de ses journées ?
Ou, quand tu étais fâchée
à quoi ça sert, tout ce papier, si c'est pour se tirer les poils du cul toute la journée ?
Et la BNP, d'où je repartais avec des stylos, des agendas, des calendriers. Mais surtout, surtout, ce que je préférais, c'était descendre dans la salle des coffres-forts, franchir les grandes portes à barreaux qui s'ouvraient avec des clés cyclopéennes, tout un cérémonial, aucun mot échangé, et l'illusion d'être admis dans un temple où nul autre enfant n'avait eu le droit d'entrer avant moi. Avec délicatesse, le banquier et

toi manipuliez quelques bijoux ainsi que des carnets au papier épais, sur lequel ressortaient des caractères en relief, à la calligraphie ondulée comme des enluminures. Une fois dehors, tu me faisais comprendre qu'il fallait me taire – pas un mot à l'école –, et, sans que tu eusses besoin d'élever la voix, je prenais mon air le plus sérieux et acquiesçais.
Ce que je n'ai pas oublié non plus, c'est cet attentat, un dimanche après-midi. Tu m'attendais à la sortie du Normandie, où tu m'avais déposé un peu plus tôt pour voir je ne sais plus quel film. Il devait être autour de six heures. J'étais surpris de te trouver là, rue Lord-Byron je crois, bras croisés, adossée au mur, j'étais supposé te rejoindre au Pub Renault.
Il y a eu une bombe, ils ont évacué la salle
m'as-tu dit. Et nous sommes rentrés à la maison. J'étais un peu triste, à cause de cette après-midi écourtée, et toi aussi, je le voyais bien. Plus tard, on a appris que la bombe avait été dissimulée sous notre banquette, celle où nous étions toujours assis, près de la sortie. Alertés par une serveuse, deux agents en faction avaient descendu le paquet au sous-sol. La bombe avait explosé là, tuant les policiers. Je compris alors ta tristesse. Une occasion pareille, ça ne se représenterait plus. La mort n'avait pas voulu de toi, et peut-être, en ton for intérieur, maudissais-tu cette serveuse d'avoir détourné le

cours d'un destin subitement prêt à te sourire. Tout aurait été beaucoup plus simple, pensais-tu, et probablement avais-tu raison. Il faudrait attendre encore. Il faudrait surtout te débrouiller seule, et j'étais loin de mesurer la force nécessaire à ce genre d'entreprise.

De l'enfance de maman, il n'existe quasiment aucune trace. Pas de jouets, hormis une poupée qui ressemble à un Père Noël. Pas de lettres, peu de photos, et, curieusement, aucun bulletin scolaire, aucun cahier, aucun dessin, pas le moindre indice d'une activité quelconque, danse, musique, sport... Cela m'a étonné, elle qui conservait chaque papier, chaque ticket, chaque relevé bancaire, et qui, me concernant, je dois le reconnaître, a été une documentaliste extraordinaire. Combien de correspondances amoureuses, de mots manuscrits, de cartes postales, combien d'articles, publiés ou griffonnés quand je n'étais pas encore journaliste, combien de carnets de notes, de cahiers d'exercices, d'agendas, de répertoires, combien de photos, de fiches de paie, de diplômes, de billets de train – autant de documents que je croyais à jamais disparus –, n'ai-je pas retrouvés dans ses affaires après sa mort ? Y compris d'ailleurs des documents qu'elle avait subtilisés chez moi. Toute ma vie ou presque avait été méticuleusement archivée,

à mon insu, au point que C., quand elle vint m'aider à vider l'appartement, me dit
ici, ce n'est pas une maison, c'est un temple qu'elle a élevé pour toi.

Une fois de plus, je peux seulement m'appuyer sur quelques images, avec les risques de ce genre d'exercice : mauvaise interprétation, quiproquo...
Là, une mère de quarante et un ans et sa fille de sept ans, en train de faire du patin à roulettes au Mont-Dore, en Auvergne. Au dos de la carte, un mot de maman à *la tante Bice* :

Victoria et la maman sportive, le 28-7-49.

La maman sportive, toi en l'occurrence, a l'allure encore juvénile, chevelure dense et bouclée, visage traversé par un sourire doux, chaud. Maman, frêle, concentrée sur son équilibre, paraît plus empruntée, hirsute comme une poupée mal peignée, la bouche déformée par la perte de ses dents de lait.
Je quitte cette mère et sa fille, voyage dans le temps, et je retrouve dix ans plus tard, sur un bout de plage, à Ischia, deux femmes dissemblables mais liées comme

des sœurs siamoises. On devine entre elles les confidences, les conseils, la confiance. Maman est à présent une jeune femme superbe, *une plante* pour reprendre la terminologie de l'époque, longue silhouette très fine, moue un peu boudeuse, un peu provocante. Tu te tiens légèrement en retrait mais ton seul visage illumine la scène. Maman est le paravent derrière lequel tu te caches. Comme au théâtre, tu la tiens, tu la pousses, tu l'exhibes et, oserais-je le dire ?, tu la vends. Elle t'appartient, pareille à un mannequin de cire.
Tu as l'air si fière.

Pour me faire une idée de ces années-là, de l'atmosphère, de votre vie, quelques documents ici et là. Un passeport à ton nom, numéro 154030, daté du 19 décembre 1957. Tu as cinquante ans. Ou plutôt quarante-cinq : tu déclares en effet être née en 1912 et non en 1907... Un passeport falsifié donc. Tes destinations ont quelque chose de mystérieux. La gare de Bardonecchia, à la frontière entre la France et l'Italie, la gare de Domodossola, dernière station italienne avant la Suisse, la gare de Brigue, de l'autre côté, qui fait la liaison entre la ligne provenant du Leman et le tunnel du Simplon. De grandes gares, des lieux de passage, de transit, des postes-frontières... Qu'allais-tu faire dans ces endroits ? Parfois, j'aime penser que tu avais une double, une triple vie, et que sous ton masque d'indifférence aux affaires du monde se cachait une Mata-Hari de haut vol. Mais je dois fabuler.

Et cet acte de notoriété que tu as fait établir afin de pouvoir voyager librement avec maman avant sa majorité. Une Denise Lambert, domiciliée à Paris, et un Raymond Armand, domicilié à Montgeron, en Essonne, attestent qu'il est *de notoriété publique que depuis ton divorce, François Puigdemon n'a plus donné de nouvelles et ne s'est jamais occupé de sa fille.* La présence sur un document important de ces noms,

Denise Lambert, Raymond Armand, des noms tellement communs, tellement français, des noms que je n'avais jamais entendus, me laisse perplexe. Comme m'avaient laissé perplexe, sur ton acte de mariage, les noms des témoins, Jean Fillon, Suzanne Gaillard, tout aussi communs, tout aussi français, jamais entendus eux non plus. Sur cet acte de notoriété, il est précisé que Denise Lambert et Raymond Armand disent parfaitement te connaître. Alors pourquoi, moi, je ne les connais pas ? Pourquoi jamais tu ne m'as parlé d'eux ?

Maman a grandi. Mal selon toi. Elle a lâché l'école. Sort tard le soir, écoute de la musique jusqu'à l'aube, Wagner et les Beatles, Bach et Joan Baez. Aux lueurs de l'aurore elle préfère les vapeurs de l'alcool. La voilà, ta fille, ton trésor, ton étendard, grisée par ses premiers succès, le Bal des débutantes 1962, le titre de Miss Ischia la même année. Dans la revue américaine *Glamour*, un reportage photo lui est consacré. En légende, on peut lire :

Un lutin spirituel : grâce, amabilité et une saveur française.

Chapeau melon et frange adolescente, maman offre un regard mutin, mi-fille mi-garçon. Elle me fait penser au personnage de Catherine dans *Jules et Jim*. Je ne la reconnais pas vraiment.

Chez Givenchy, ils ne l'ont pas gardée, trop d'absences, de retards. Maman rêvassait... rencontrer des artistes, des danseurs, des chorégraphes, des musiciens. Serge Lifar, qu'elle voulut accrocher à son tableau de chasse. Rudolf Noureev, qui n'avait aucun goût pour les femmes. Plus tard, ce fut autour du chef d'orchestre Pierre Boulez que se cristallisa une adoration quasi religieuse. Jusqu'à la fin de sa vie elle prétendit être son épouse, et dans ses papiers, tandis qu'elle avait été admise à l'hôpital, je retrouvai plusieurs faux actes de mariage grossièrement trafiqués.

Pourquoi tu as fait ça ?
Parce que j'admirais son intelligence.
Tu as eu une histoire avec lui ?
Non. Je l'ai rencontré à New York, à la sortie d'un concert. Je peux te dire que pas un instant il ne m'a fait la cour.
Parce qu'il préférait les hommes ?

Oui.
Mais pourquoi faire croire que tu étais mariée avec lui ?
Pour le prestige social. Il faudra déchirer ces papiers quand je ne serai plus là. Ça la fiche mal !

Maman refusait de travailler, de se marier, et tu étais inquiète. L'argent que tu lui donnais aussitôt s'envolait (mais pourquoi continuer à lui en donner ?). Tu l'avais couvée, tu l'avais gâtée, élevée sur un piédestal, et tu avais fini par créer un monstre, un monstre à la physionomie douce et innocente.
Tu comprends qu'il faut agir, lui tordre le cou avant qu'elle ne te dévore. Tu le sais, tes forces ne feront que décliner et, les années passant, elle finira par t'asservir, peut-être par te voler.
Le 24 juin 1961, tu réécris ton testament :

Je soussignée De Cecchi Pià Nerina,
Fais mon testament ainsi qu'il suit :
Désirant préserver ma fille Victoria Puigdemon, ma présomptive héritière contre des égarements et une gestion inconsidérée et ruineuse des biens que je lui laisserai,

J'entends qu'elle ne puisse ni vendre ni hypothéquer jusqu'à ce qu'elle ait atteint l'âge de quarante ans révolus, l'appartement que je possède à Paris...

L'ombre de Pyrrhus sur ta vie, à chaque étape. Mais jusqu'à quand ? Comment votre romance s'est-elle terminée ? T'a-t-il quittée ? C'est curieux, je n'arrive pas à me figurer l'inverse. Il y a quelques années, j'ai écrit un livre sur la compagne cachée de François Mitterrand. Je n'ai pas tout de suite fait le lien avec ton histoire. Et pourtant toi aussi tu as été logée par ton vieil amant dans un bel appartement, dans un beau quartier. J'ai écrit *logée* mais je pourrais tout aussi bien écrire *enfermée*. Tu étais la captive de Pyrrhus. Tu étais chez toi mais tu n'étais pas libre. Tu étais chez toi mais *déracinée*. Tu te méfiais des voisins, de la gardienne, tu surveillais ton langage, tu gommais ton accent, tu te forçais à être aimable. Tu avais honte, et tu crevais de trouille de te trahir, de trahir qui tu étais, et plus encore d'où tu venais, ce sud de l'Italie crasseux et misérable. Tu crevais de trouille, oui, d'être démasquée. Pas pour ta réputation. Pour la sienne. Tu étais son obligée, et tu te devais de lui faire honneur.

J'ai passé la vie de Pyrrhus au peigne fin : la Firme, Franco, la Grande Ville, ses amis, sa famille. Pas un historien ne connaît mieux ce personnage. Et c'est bien mon problème : Pyrrhus reste pour moi un personnage. Il m'échappe, je ne le comprends pas, et je comprends encore moins, je te l'ai assez écrit, ce qui vous unissait. J'ai cru voir deux tempéraments opposés. Un homme réservé, secret, vaniteux ; une femme exubérante, culottée, un peu roublarde. Mais tout ça, ce sont des adjectifs, ils ne disent pas la chair, ce lien en dépit des guerres, du temps qui passe. Ils ne disent pas pourquoi tu n'as pas détruit ces photos, ni pourquoi il te les a laissées. Ils ne disent pas vos cœurs battants, à la tombée du jour, dans une chambre, rue La Boétie, vos promesses, vos déchirements. Ces paroles évanouies comme les étoiles qui s'éteignent à la cime de la nuit.

Pyrrhus est mort le 1er octobre 1972. Tu aurais compris, dit-on, parce qu'il n'y avait plus de chèques dans ta boîte aux lettres. Je préférerais savoir si tu as été bouleversée, si tu as pleuré. Si tu as été heureuse et reconnaissante de la vie que tu as eue grâce à lui.

Étais-tu, Pià Nerina, follement amoureuse de Pyrrhus ? Seul prénom parvenu jusqu'à moi, mais comment imaginer qu'il n'y en eut pas d'autres, engloutis pour toujours dans les eaux de ta mémoire ?

N'as-tu jamais après sa mort songé à tout bazarder ? L'appartement, maman, les voisins, la gardienne ? Retourner vivre à Naples, dans une de ces villas merveilleuses de Posillipo qui dominent la baie, de l'autre côté du Vésuve ? Là, nul besoin de dissimuler qui tu étais, d'où tu venais. Finir ta vie comme tu l'avais commencée. En Napolitaine.

Tu voulus *caser* maman, lui trouver un mari. Malheureusement, et tu ne pouvais t'en prendre qu'à toi-même, dans la tête de maman, à cause peut-être de l'exemple de Pyrrhus, tu avais semé des rêves de grandeur, de fortune, de prestige. Hors de question pour elle d'épouser *une sous-merde*, *un peigne-cul*, *un raté*, comme elle appelait les hommes sans statut social qui osaient la regarder. La tâche était rude. Un soir qu'Onassis, homme le plus riche du monde, avait laissé sa décapotable à la sortie d'un casino, maman s'était planquée sous la banquette arrière à l'insu du chauffeur. Elle croyait, la naïve, que le milliardaire, dès qu'il la découvrirait, l'emmènerait sur son yacht et, pourquoi pas ?, la demanderait en mariage. Quand, à son retour, Onassis la vit surgir près de lui, il lui ordonna de foutre le camp.

Avec les hommes, maman se débrouillait mal, elle ne savait pas s'y prendre. Plus le temps passait, plus tu te montrais pressée, déçue par ses choix, par son je-m'en-foutisme, sa paresse.
À l'hôpital, maman m'a dit

J'ai été une déception pour ta grand-mère.
C'est pour ça que tu ne l'aimais pas ?
Mais je l'aimais ! Seulement elle m'agaçait avec ses idées rétrogrades. Elle voulait que je me marie, ou que je travaille, mais ça m'emmerdait.
Pourquoi elle t'a pas fichue dehors ?
C'est ce qu'elle aurait dû faire. On le lui a conseillé d'ailleurs. Elle n'a pas eu le courage.

L'après-midi, il arrivait que maman et toi discutiez dans le salon, noyé dans un nuage de fumées bleuâtres. Ou plutôt : maman – en bigoudis – parlait et toi, enveloppée dans un peignoir bouffé aux mites, tu écoutais. Il était presque toujours question des hommes, des femmes, de la manière dont elles avaient réussi ou échoué à se faire épouser. À vos yeux, le mariage était un Graal ; plus précisément le mariage avec un homme fortuné, jouissant d'*une bonne situation*. Le monde des femmes, votre monde, était décrit comme une compétition géante, où chacune, seule, devait se battre contre des milliers d'autres. Celle-là avait eu du flair, *il n'était pas grand-chose quand elle l'a rencontré*. L'autre en revanche s'était gourée, le type n'avait *plus un sou*. L'évocation des déconvenues adverses semblait procurer à maman une satisfaction perverse, comme si l'infortune d'une rivale augmentait ses chances d'accrocher l'oiseau rare. À l'entendre, *les hommes bien* étaient peu nombreux, pris d'assaut, et pour parvenir à attirer leur attention il fallait se montrer habile, rusée, tisser sa toile tout en feignant la joie et l'innocence. Le déploiement d'autant d'efforts n'était pas gage de succès, les hommes pouvant privilégier, dans les affaires matrimoniales, un titre ou un pedigree.

Parfois, D., une copine de maman, était là, avec Jérôme, son horrible pékinois. Elles parlaient des hommes comme de valeurs, à la hausse ou à la baisse, en soupesaient l'actif, le passif, la vulnérabilité. Celui-ci ne quitterait jamais sa femme, celui-là était *pédé*... Et toi tu continuais à écouter, silencieuse, lointaine, enchaînant les Rothmans que j'étais allé te chercher au tabac de la rue Marbeuf. Je crois que maman était jalouse de D., moins jolie mais qui s'en sortait mieux. Cette phrase, tu te souviens ?
D. s'est trouvé un nouveau micheton !
Combien de fois l'avons-nous entendue ? Sa voix dépitée...
Maman aussi avait des michetons. Elle les attrapait au Relais Plaza, avenue Montaigne, mais ça ne durait jamais, il y avait toujours une impossibilité, un obstacle. Je me rappelle un vieux milliardaire sous tutelle qu'elle voyait l'après-midi.
Celui-là, il faut se le farcir
se lamentait-elle à son retour. Elle imitait sa façon de parler, ses phrases de quelques mots, sa mollesse, elle dépeignait un salon où une ribambelle de courtisanes rivalisaient afin de lui arracher un sourire, un signe de vie. Un jour, l'héritier cacochyme avait donné à maman une statuette de Giacometti. Quelques semaines après, la famille avait menacé de saisir les

tribunaux ; par peur du scandale – et peut-être sur tes conseils –, maman avait rendu l'objet. Non, elle n'avait *pas eu de veine* disait-elle. Et, comme si l'absolvait cette formule énigmatique, elle ajoutait aussitôt *toi, tu as eu de la chance, tu avais Pyrrhus.*

Maman aimait les vieux. Des hommes au sommet de ce qu'elle appelait, en marquant bien toutes les syllabes, *l'échelle sociale* ; des hommes sûrs de leur habileté, de leur situation, de leur fortune ; des hommes près desquels les autres, *les raclures de bidet* et *les sous-merdes*, l'auraient regardée avec déférence.
Tu finis par lui en dénicher un. Néstor de quelque chose. Le *de quelque chose*, c'était une coquetterie, aucune particule sur l'acte de mariage. Néstor, donc. Architecte. Nationalité chilienne. Né en 1893. Quarante-neuf ans de plus que maman.
Quarante-neuf ans !
(La dernière épouse de Chaplin avait trente-six ans de moins et le scandale fut énorme.)
Le mariage eut lieu le vendredi 10 février 1967, à la mairie du huitième arrondissement, cette mairie où toi-même tu avais épousé François Puigdemon. Maman avait vingt-quatre ans, Néstor soixante-treize.

Un ancêtre. Il y avait des témoins pourtant, des femmes bien, avec des principes, une éducation, des noms à rallonge. Tu avais envoyé des faire-part, organisé un cocktail. Et tous ces gens ont cautionné, approuvé, applaudi...
Quarante-neuf ans.
Maman était une belle femme, pas une idiote. Pourquoi se précipiter ? À cause des courts-circuits qu'il y avait dans sa tête ? De ses colères ? Parce que tu n'en pouvais plus, d'elle ? Parce que pour toi maman était malade, incurable, détraquée de l'intérieur, et tu savais qu'il n'y avait rien à faire ? Alors le premier pigeon qui l'a d'abord regardée sans y croire, que tu as encouragé, qui a pris confiance, celui-là il ne fallait pas le laisser s'envoler, il fallait le convaincre, au contraire, que son âge était un atout. Et il a espéré, le malheureux, que le meilleur, en dépit de tous les indices contraires, était à venir, et il y a peu de choses au monde plus pitoyables que la crédulité d'un vieillard quand il se met à croire à l'amour...

L'évocation de ce mariage semblait beaucoup amuser maman.

Ta grand-mère voulait que je me marie. C'était pour l'état civil, il n'avait pas un sou. À l'époque, être une femme célibataire, c'était mal vu.
Mais lui, il était d'accord avec ça ?
Je ne lui avais rien dit ! Le lendemain matin, je suis rentrée à la maison.

À quoi ressemblait-il, ce Néstor ?
Sur une photo prise à Cannes dans les années soixante, un homme en bras de chemise, foulard autour du cou, regard lubrique. Il rit aux éclats comme un militaire à la retraite après avoir raconté ses souvenirs de bordel. Des hommes aperçus dans tes albums, il est celui qui se rapproche le plus de l'image que je me fais de l'éphémère mari de maman. Autour de lui, à sa table remplie de verres, de cendriers à ras bord, deux femmes aux épaules dénudées qu'il effleure de ses mains baladeuses. À sa droite, toi, la cinquantaine, un regard aguicheur que je ne te connaissais pas. Ta pose lascive, tes bijoux trop voyants, la bretelle de ta robe qui glisse sur ton bras... Je n'aime pas du tout te voir ainsi, Pià Nerina. À sa gauche, une femme plus jeune. Son visage a été découpé. La silhouette toutefois, la façon de se

tenir... je suis à peu près certain que c'est maman. Toutes les deux, vous êtes en robe légère, sophistiquée pour toi, virginale pour elle.
Ce qui me fait dire que maman est la femme à la tête coupée, c'est qu'il n'y avait qu'elle pour faire une chose pareille, mutiler un visage, le sien en l'occurrence, parce qu'il ne lui plaisait pas, parce que le souvenir de ce moment ne lui était pas agréable, parce que la présence de cet homme sur la photo la dégradait, la dévalorisait. Maman avait à la fois peu confiance en elle et une très haute idée de sa personne. Il m'arrivait parfois, comme toi je suppose, de tomber sur des lettres adressées à des soupirants :

Face de merde, sac à foutre, rescapé de bidet, CRÈVE ! Déchet social. Si tu oses te montrer à moi à nouveau je te ferai descendre, si tu te permets de te représenter, je te ferai égorger. CRÈVE

Des textes de ce genre, en réalité, j'en ai trouvé des centaines.
Sa vie sentimentale fut jalonnée de fixations adolescentes, pour des hommes qu'elle ne connaissait pas, des hommes qui ne la regardaient pas. Maman se conduisait comme une groupie, phénomène banal à dix-huit ans, effrayant à quarante. Elle s'inventait des

histoires, des romances. Elle ne rêvait pas d'amour mais de gloire, de prestige. À l'hôpital, elle m'a cité une phrase d'une célèbre romancière, dans une émission de télévision : *j'ai cette faiblesse de n'aimer que les hommes qui ne m'aiment pas.* Et elle a ajouté *je crois que j'ai été comme elle.*

Ta fille voulait être protégée et toi seule pouvais exaucer ce désir, de façon entière et exclusive. Et malgré ses rêves d'épousailles, à la Madeleine ou à Saint-Sulpice, devant un parterre trié sur le volet, des personnalités du monde de l'art, de la musique, de l'opéra, maman n'a jamais vécu avec un homme et, je crois, ne l'a jamais envisagé un instant.

À quel moment quitte-t-on la réalité, ses contingences, ses frustrations, sa trivialité, pour se réfugier dans un ailleurs fantasmatique peuplé de figures patriarcales, de statues du Commandeur, d'étiquettes sociales ? Maman n'aimait pas les hommes, leur sueur, leur chair, leur odeur, leur sperme, leurs petites lâchetés. Elle aimait l'idée des hommes, et plus encore l'idée de ce que devait être un homme. En cela, elle fut très différente de toi.

HÔTEL DE LA FOLIE

De ta vie et de celle de maman, je retiens ceci : en dépit des espoirs, des illusions, des prières, la folie est irrémédiable. Elle est partout, dans toutes les familles, viols, incestes, meurtres. Hommes et femmes. La folie est banale, contagieuse. Elle brouille la pensée, détruit les têtes les mieux faites. Elle salit, pervertit ce qu'il y a de mieux en nous, la générosité, la bonté. De vous deux, qui a contaminé l'autre ? Qui a porté le premier coup ? Je crois plutôt à une intoxication mutuelle, à un corps-à-corps tragique, mère et fille, serpents entremêlés se crachant leur venin jusqu'à en crever.

Enfant, je me représentais notre famille de façon assez simple : toi et moi appartenions à la catégorie des gens raisonnables, contrairement à maman, élément dysfonctionnel du trio, que nous qualifiions de *folle*. Jamais nous ne pouvions prévoir son humeur, à son réveil. Et plus la matinée avançait, plus montait cette angoisse : à quel visage de maman allions-nous être confrontés ? Le visage silencieux et indifférent ? Le visage colérique, éructant juron sur juron, *fils de pute ! Putain de Dieu de merde ! Va te faire enculer ! Sale bâtard !*, à cause de son croissant pas assez bon, de son café pas assez fort, des journaux que j'avais feuilletés avant elle, d'un plat chez le traiteur que tu avais oublié de lui acheter ? Ou le visage enragé – une rage irrépressible –, les yeux brûlants, trempés d'une lueur mauvaise, le corps bondissant sur toi, te saisissant à la gorge, te plaquant contre un mur, dans le salon ou dans la cuisine, te rouant de coups, et j'avais beau hurler, m'immiscer, rien ne pouvait l'arrêter ?

HÔTEL DE LA FOLIE

Avec les années, les désillusions, le déclin de sa beauté, ce visage avait pris le pas sur les autres, un visage qu'elle ne dissimulait plus.

Tu étais née à l'Hôtel de la Folie, et ce grand appartement du triangle d'or, cet appartement censé te protéger, gage d'une vie prospère, respectable, loin de la fureur napolitaine, des scènes, des cris, des pleurs, devenait ton caveau. L'appartement de la folie.
Toujours j'étais bouleversé, tremblant, bouffé par la peur. Cette pensée, *tu n'en réchapperas pas*. Mais la fureur passait et tu étais là devant moi, frêle mais encore debout. À peine t'entendais-je quand tu gueulais *c'est pas ma fille ! Je l'ai trouvée dans la rue, pendant la guerre !*

Peut-être avais-je fini par m'y faire.
Ce livre, tu te rappelles ? *Suicide mode d'emploi...* Tu l'avais laissé posé un matin sur ta table de nuit. Je ne suis pas certain de l'avoir ouvert. Je me souviens seulement l'avoir pris sans réfléchir et jeté à la poubelle, dans la cuisine. Tu l'as cherché longtemps avant de

comprendre. Tu ne m'en as pas voulu. Je crois que tu m'as dit
tu as eu raison de faire ça.
La fois suivante, je l'ai subtilisé dans le tiroir où tu l'avais caché, je suis descendu dans la rue et je l'ai balancé dans une benne à ordures.
C'est pas un livre pour toi
j'ai dit.
Alors tu veux pas me laisser partir ?
tu m'as demandé, l'air un peu triste.
Non.
Chaque jour ou presque je te disais
tu jures que tu ne le fais pas ?
Et chaque jour ou presque, à contrecœur, tu jurais.

Je ne comprenais pas. Pourquoi voulais-tu m'abandonner, me laisser seul avec la folle ?
Tu essayais de m'expliquer, de me convaincre. Tu étais fatiguée, disais-tu. Et vivre avec elle, tu ne le supportais plus. Lui préparer son café, faire ses courses, la cuisine, s'occuper de ses papiers, à son âge.
Tu prenais ta voix la plus calme et ce calme-là m'effrayait

quand je serai plus là, si elle te bat, tu vas à la police, il faut la faire soigner.
Je te disais
partons tous les deux, laissons maman à sa folie.
Et tu répondais
impossible.
Mais pourquoi ? Dans l'immeuble, les voisins n'étaient pas aveugles, ils auraient témoigné. Personne n'aimait maman, elle faisait des histoires à tout le monde.

Partout où tu allais, je voulais t'accompagner.
Ne pas te laisser seule. Me rouler par terre quand ce n'était pas possible. Sur le balcon guetter ta silhouette, compter les minutes les secondes, et quand trop de temps passait, que je ne te voyais toujours pas, me ronger les ongles, me ronger les sangs
pas maintenant s'il vous plaît !
Prier Dieu ses saints ou ceux qui les avaient remplacés Là-Haut de t'accorder un délai, quelques mois...
pas maintenant !
quelques semaines...
s'il vous plaît !
Tu avais sauté plus de doute le téléphone allait sonner les pompiers la police les questions

elle a laissé un mot ?
J'étouffais et toi toujours pas là et le téléphone rien...
Pas pleurer. Surtout pas pleurer. Jamais tu ferais ça tu avais juré ! et j'en crèverais tes *Marina Marina* la banane sous l'évier tes robes pleines de couleurs pleines de fleurs et plus jamais plus jamais j'aimerais quelqu'un comme toi, plus jamais personne.
J'étouffais
si tu meurs je meurs !
si tu sautes je saute !
J'étouffais
te serrer contre moi...
une dernière fois !
Et le bruit des clés dans la serrure et moi déboulant devant la porte et toi, ô miracle, chargée comme un mulet.
Quelle vie de chien !
tu bougonnais, et je me cramponnais à toi et pas un instant tu ne te doutais de mon immense gigantesque fabuleux profond démesuré incommensurable colossal soulagement.
Et la vie s'est poursuivie ainsi.
Tu jures que tu ne le fais pas ?
Et tu jurais.

Désespérance de parcourir les lettres de maman, ses malédictions de démente jetées sur de petits carnets, ou sur des feuilles volantes, cette haine pour des hommes qui avaient eu le tort soit de la regarder, soit de ne pas avoir répondu à ses avances.

Jacques A., né le 2 avril 1935 à Villefranche-sur-Mer, avec l'ascendant en Lion, que l'enfant que tu souhaites concevoir ou que tu as déjà conçu, de Catherine S., née le 22 décembre 1955, avec l'ascendant en Bélier, que cet enfant ne voie jamais le jour, que Catherine S. mette au monde un enfant mort-né, qu'elle fasse une fausse couche, que cet enfant crève de mort violente, qu'il ou qu'elle naisse handicapé(e) mental(e).

Patrick S, né le 12 septembre 1938 à New York, avec le soleil en Vierge, l'Ascendant en Bélier, et la lune en Taureau, que ta carrière se brise net, que tes films ne soient plus achetés par aucune chaîne de télévision, que tu t'inscrives aux Assedic. CRÈVE

Stéphane L. né le 24 novembre 1940 à Perpignan, à 8 heures du matin, puisses-tu perdre une très grosse somme d'argent, puisses-tu perdre ton fils, que de très profonds malheurs s'abattent sur toi ou sur ta descendance. CRÈVE, SOIS RUINÉ, SANS DESCENDANCE POURRITURE, SAC À FOUTRE, RACLURE DE CHIOTTES. CRÈVE

Désespérance de voir ces portraits encadrés d'hommes qu'elle ne connaissait pas mais dont la stature, le visage marmoréen répondaient à ses fantasmes d'orpheline. Un dictateur syrien, un dictateur libyen, un directeur d'Opéra, Massimo B. Dans ses papiers, après sa mort, ce brouillon pathétique :

C'est presque une inconnue qui se permet de vous écrire, même si quelques années auparavant nous avons soupé ensemble à Spolète en compagnie de X et de Y. Nous avions parlé de tout et de rien, la musique bien sûr, l'astrologie – je me rappelle que vous étiez natif du Scorpion. J'ai été agréablement surprise de savoir que vous avez été nommé à Paris. Pourquoi vous écris-je ? Je l'ignore. [...] Si vous voyez en moi une importune, qui pourrait vous en blâmer ?

Le portrait de ce Massimo B. était partout. Sur le manteau de la cheminée, sur les étagères de la bibliothèque, sur sa table de nuit. Les photos, découpées dans des journaux, le représentaient en train de jouer du piano ou de lire à son bureau. Présence envahissante, et je fus presque soulagé quand je tombai sur ce bout de papier :

Toi Massimo B. Né le 25 octobre 1922 à Rome, CRÈVE

À la maison, des piles de courrier – madame Boulez, madame D., madame S., madame G., autant de femmes imaginaires qui en réalité n'en faisaient qu'une. Toute mon enfance, je n'ai jamais su la véritable identité de maman.
Florence ou Victoria ?
Puigdemon ou de Cecchi ?
(Toute mon enfance, je n'ai jamais appelé maman *maman*.)

Tu te rappelles cette boutique dans la galerie des Champs-Élysées, celle qui vendait des thèmes astrologiques ? On entrait dans un ordinateur – un des tout premiers – les dates de naissance de deux personnes et la machine, une sorte de téléscripteur, aussitôt se mettait à débiter des feuilles par dizaines, liste exhaustive des traits qu'elles avaient en commun et de ceux qui les opposaient. La boutique s'appelait Astroflash. Le bruit du téléscripteur me fascinait, ce n'était pas uniquement un bruit mécanique, saccadé, mais un langage à part entière. Il semblait dire quelque chose, et j'aimais l'idée que de ce qui était retranscrit dépendait le sort de quantité de couples, peut-être de familles.
Maman était accro à Astroflash. Chaque semaine elle commandait des thèmes que nous devions ensuite aller chercher. Je me souviens, tu trouvais ça stupide, et j'aimais chez toi ce côté rationnel quand maman, elle, passait ses journées à rêver de quoi demain serait fait – et à se lamenter parce que les lendemains se ressemblaient tous, il ne s'y passait rien –, à étudier ses affinités avec des inconnus dont elle avait vu la photo ou lu une interview dans un journal. Si Astroflash ouvrait la porte à une idylle, maman se lançait à corps perdu. Elle appelait le secrétariat du type, se faisait passer pour une journaliste du *Corriere della Sera*, demandait

un entretien, parfois finissait par l'obtenir. Ça n'allait jamais très loin, mais tu sais sa tendance obsessionnelle... À chaque cible un dossier, le moindre article découpé, archivé. Les thèmes de sa femme, de ses gosses analysés, décortiqués. Et les coups de téléphone au bureau quand le type n'avait pas donné suite ; et les coups de téléphone chez lui, la nuit, quand il avait eu le malheur de donner suite. Certains la suppliaient de cesser, d'autres menaçaient de lui envoyer les flics. Alors, après avoir été parées des plus grandes vertus – le contrôle de soi, la solidité morale, l'intelligence –, les *cibles* chutaient de leur piédestal, agonies d'injures pour les siècles des siècles, *mange-merde, raclure de bidet, déchet social, peigne-cul...*

Ma trouille, cette trouille inavouable que toi seule peux comprendre. Si je porte en moi les histoires, les vies, les maux d'Ilda, d'Orazio, de la petite Nerina, je porte aussi, et même davantage, l'histoire, la vie et les maux de maman. Sa folie. Cette trouille diffuse mais bien réelle, au plus profond de moi, d'être comme elle. Rien ne me révulse autant que d'entendre quelqu'un me dire *tu lui ressembles.*
Tu n'as pas idée, je crois, de mon dégoût.

Quelque chose m'échappe : maman ne vécut pas cloîtrée avec toi nuit et jour, elle essaya de s'évader, à sa façon. Elle séjourna plusieurs semaines à New York, elle eut des ambitions intellectuelles, elle s'inscrivit en auditeur libre à l'École du Louvre, à l'École des hautes études. Dans ses affaires, j'ai retrouvé une carte de journaliste aux *Nouvelles littéraires*, et je me souviens du Nagra qu'elle avait acheté pour faire des interviews, celle de l'ancien Premier ministre iranien Bani Sadr – vingt-cinq pages ! –, dont aucun journal n'avait voulu – elle avait conservé les lettres de refus : ma peine en les parcourant. Maman a cherché sa voie, repoussant le modèle, obsolète à ses yeux, que tu lui avais vendu. Elle a désiré s'affranchir, l'époque l'ordonnait, mais, écartelée, elle continuait à michetonner dans les palaces du quartier. Elle avait beau aimer les livres, sa libération, elle l'envisageait par les hommes, exclusivement par les hommes. Elle visait les étrangers, un marchand d'armes saoudien, le frère d'un dictateur africain logé à l'année au Plaza. Et comme toi elle se méfiait de ces Français qui, disait-elle, *avalent leur chiasse et croquent leur merde*.

Il arrivait cependant que maman se prît d'affection pour des artistes, des écrivains, des types souvent drôles qu'elle rencontrait je ne sais comment. Peut-être chez Lipp, cette brasserie du boulevard Saint-Germain qu'elle aimait fréquenter. Quelques-uns venaient à la maison avant de l'emmener dîner et une énergie toute différente se diffusait alors dans le salon, un charme qui me désarçonnait, une façon d'être, un langage tissé de mots bizarres, de sous-entendus obscurs. Maman riait – et toi aussi je crois –, et la vie soudain paraissait simple et joyeuse. Je me souviens des écrivains Roland T. et Jean C. Ou d'un acteur, Michel D., grand type à l'allure dégingandée, à la fois délicat et fort en gueule. Un soir d'été, il se dévoua pour m'accompagner voir mon premier match de football au Parc des Princes. Dans la foulée de la Coupe du Monde 1982, la France avait été balayée par la Pologne, quatre buts à zéro.

Qu'as-tu mal fait, Pià Nerina ?
Je ne cherche pas à faire ton procès ni à excuser maman. Ta fille n'était pas irresponsable, comme elle le prétendait chaque fois qu'elle allait trop loin. Elle avait besoin de ta présence, de ta protection, mais il

suffisait d'une étincelle et jaillissait sa haine envers toi, comme une cigarette mal éteinte embrase une végétation trop sèche.
Toutes ces années, je me suis demandé ce que maman avait bien pu te reprocher ; j'ai imaginé à tort des choses abjectes. Elle t'en voulait, oui, mais de quoi ? De l'avoir mise en avant, vendue, comme sur ces photos où vous posez côte à côte ? D'avoir voulu briller à travers elle, parce que tu la trouvais à vingt ans tellement superbe – et comment ne pas en tirer vanité ? Ou plus simplement d'être la femme que tu étais, une immigrée napolitaine sans éducation, sans statut social, végétant à mille lieues de ces cénacles intellectuels et artistiques auxquels elle rêvait d'appartenir ?
Loin de la satisfaire, le capital que tu avais accumulé exacerbait sa frustration. L'argent n'offre pas tout. Encore moins cette éducation française, faite de culture classique, de grandes écoles, de diplômes. Tu fus coupable, oui, de ne pas lui avoir procuré ce viatique, cette carte d'admission dans l'élite, celle qui, disait-elle, avait *le chic et le chèque*. Rassure-toi, Pià Nerina, une plus grande fortune n'aurait rien changé : maman rêvait de posséder ce que jamais tu n'aurais pu lui donner. Et plus tu revenais à la charge – un mariage, un bon parti, une particule –, plus enflaient, pareilles à des chancres, sa colère et sa violence.

HÔTEL DE LA FOLIE

Pourquoi ne pas avoir foutu le camp ?
Fuir cette prison où Pyrrhus t'avait enfermée, ce caveau où maman te martyrisait. Fuir la rue Clément-Marot comme tu avais fui la via Toledo. Fuir ce monde qui jamais ne serait le tien, ce monde qui tout le temps trouvait à redire : ta voix trop forte, ton vocabulaire – *mon Dieu, quelle vulgarité !* –, ton linge de couleur étendu sur la terrasse, flottant comme des drapeaux. Retourner à Naples.
Pourquoi ne pas l'avoir fait ? Parce que tu n'avais plus la force ? À cause de moi ? J'aurais tant voulu m'en aller là-bas avec toi. Fuir dans tes bras, oui.
Naples ! Naples ! Chaque jour ce nom dans ta bouche, comme le titre d'un spectacle merveilleux et malgré tout interdit : les couloirs de l'Hôtel de la Folie, les vies de tes sœurs Ilda et Bice, l'effervescence, les soirs de printemps, dans le quartier espagnol. Naples était un nom, mais un nom sans imaginaire, et les quelques visions que tu m'en as laissées se sont depuis longtemps évanouies.

Je suis né le 5 février 1974 à la clinique Marignan, à l'angle de la rue François-Ier et de l'avenue Montaigne. Tu avais soixante-six ans, Pià Nerina. Dès mon premier cri, tu m'as pris dans tes bras pour ne plus jamais me lâcher. Maman me donna à toi.

Mon père biologique était un compositeur sicilien. Il s'appelait Oreste mais maman l'avait baptisé *le crépu* en raison de sa chevelure abondante et frisée. Jamais elle ne m'a caché l'histoire de l'accouplement qui m'a donné la vie. Elle voulait un enfant. Ou plutôt elle voulait un enfant musicien. Son idéal, un enfant de Pierre Boulez. Inenvisageable, évidemment. Aussi, son choix s'était reporté sur un compositeur de moindre envergure. Le crépu avait écrit deux opéras, l'un sur Garibaldi, l'autre sur Casanova. Il avait été élève de Max Deutsch, lui-même disciple d'Arnold Schönberg, théoricien allemand qui rompit avec la musique

mélodique et inventa le dodécaphonisme, ou musique sérielle, système fondé sur l'existence de douze sons. Je connais mal les subtilités de sa théorie, je sais seulement que, lorsqu'il m'arriva plus tard d'assister à un concert donné en l'honneur de mon géniteur, je trouvai sa musique d'un profond ennui. Je ne fus pas le seul. Aux toilettes, mon voisin de pissotière me lança un tonitruant
qu'est-ce qu'on se fait chier !
Le crépu vivait dans le quartier du Marais, rue de Thorigny, face à l'Hôtel Salé. Maman devait avoir senti que ses charmes ne l'avaient pas laissé insensible. Elle débarqua un soir. Pas n'importe quel soir. Un soir qui, selon ses calculs, était propice à… L'opération échoua. Persévérante, elle y retourna le mois suivant. Et là… Maman, aussi sec, alerta le crépu pour lui annoncer la nouvelle : il allait être papa. À quarante-quatre ans, un cadeau inespéré, non ? Mais il ne le prit pas ainsi. Il alla te voir et te tint peu ou prou ce discours
votre fille est venue chez moi, elle est très jolie et je ne suis pas pédé, mais c'est tout. Nous n'avons pas de liaison.
La suite, tu la connais : la fureur de maman, sa vindicte contre le crépu, les avocats, les menaces de poursuite devant les tribunaux, les lettres de *dénonciation* dans le monde de la musique. Cette bataille fut la grande affaire de sa vie. J'ai trouvé dans l'appartement, avec

un écœurement toujours croissant, des dizaines et des dizaines de dossiers *ORESTE* ; dans chaque recoin, chaque tiroir. Tout avait été archivé, courrier, photos, articles de presse. Avec le crépu, maman avait trouvé un point de fixation à sa colère, un homme de chair et de sang, enfin, sur lequel cristalliser sa haine, celle qu'elle gardait en réserve, de ne pas avoir eu de père, de devoir porter ce nom atroce, Puigdemon, qu'elle ressentait comme une gifle chaque fois qu'elle l'entendait, et personne, pas même toi, n'eût pu se douter des flots qui allaient bientôt se déverser sur ce malheureux musicien sicilien qui – combien de fois ? – dut bien regretter de s'être laissé aller, un soir de printemps, à la facilité d'une brève étreinte qu'il avait cru sans conséquences.

Assez vite se posa le problème de mon nom. Pour l'état civil, je fus d'abord *David Puigdemon*. Comment faire autrement ?
Pour maman cependant, il était inconcevable de me faire endosser ce patronyme qu'elle rejetait viscéralement. À la clinique, sur mon premier livret de santé, puis à l'école maternelle, je fus donc déclaré sous le nom de *David Oreste*.
Et dans ma petite tête d'enfant, en dépit des lois, ce fut ainsi que j'appris à me nommer, à me présenter au monde.

Il te fallut beaucoup d'efforts, Pià Nerina, pour faire admettre à maman que je ne pouvais pas porter le nom d'un homme refusant de me reconnaître. Je croyais m'appeler David Oreste, mais en réalité, quatre ans après ma naissance, je n'avais toujours pas de nom.

Maman buvait, beaucoup, elle prenait des médicaments, les coups partaient, pour un oui pour un non, elle te traitait de *maquerelle*, elle disait en me regardant *il est sacrément mal barré dans l'existence, ce bâtard !*
Ou
heureusement que ce n'est pas une fille !
Au crépu, elle voulait *faire la peau*. Elle affirmait avoir mis un contrat sur sa tête, s'être arrangée avec un Canadien disparu depuis dans la nature. Où trouvait-elle l'argent, ces dix mille francs pour réparer son honneur – tu parles d'un honneur ! –, ces avocats mandatés à Paris et à Palerme, ce landau princier qu'il lui arrivait de pousser entre le Plaza et le George V – sa manière de signifier au voisinage que si bâtard j'étais, ce n'était pas de n'importe qui –, ces manteaux de vison, ces renards argentés qu'elle achetait tous les quatre matins à coups de trente mille francs par-ci, quarante-cinq mille francs par-là ? Tu finançais son train de vie, tu t'occupais de

tout – la bouffe, la maison, son gosse –, et en plus il te fallait prier pour qu'à son réveil elle ne fût pas de trop mauvais poil, car tu savais sinon à quoi t'attendre.
(Mais pourquoi obéir ? Ta soumission ? Pourquoi jamais l'esquisse d'une rébellion ?)

Dans la salle de bains, ça sentait la laque et le *Shalimar*. Le soir, maman naviguait de type en type, des hommes mariés, des hommes trop occupés. L'un d'eux cependant la regardait différemment. Il s'appelait Hannibal. Il traînait dans un bar de la rue François-Ier, un bar aux rideaux toujours fermés, et, peut-être pour cette raison, sa présence était associée dans mon esprit à l'odeur du whisky. Quand il venait à l'appartement, c'était toujours avec des cadeaux, des jouets. Un jour, tu t'en souviens ?, il avait apporté une voiture télécommandée. J'étais dans un état... heureux comme rarement je l'avais été, je crois. Et puis le lendemain maman avait rendu la voiture. Elle l'avait échangée contre une lunette astronomique.
Au moins ça, ce sera un cadeau utile !
Hannibal était journaliste. Il racontait les guerres et écrivait des livres. Il s'était amouraché de maman. Et plus il s'amourachait plus maman le méprisait. Le haïssait. Le vomissait

un raté, un mange-merde, une raclure de bidet, etc.
Je suis certain que ce fut ton idée : la main de maman contre une reconnaissance de paternité.
Le 17 août 1978, à l'âge de quatre ans et demi, je changeai d'identité pour la troisième fois.
Je devins *David Hannibal*.
Je fus très mécontent. J'aimais beaucoup le nom *Oreste*. Je me rappelle les conversations avec toi, à la maison, ou dans les jardins des Champs-Élysées. On regardait Guignol puis, sur un banc près du bac à sable, tu t'employais à me convaincre
Oreste, ça fait « peste », c'est pas beau du tout.
Oui, mais Hannibal, ça fait « trou de balle », je veux pas du tout m'appeler comme ça.
Je comprenais qu'à maman non plus ça n'allait pas du tout, ce tour de passe-passe, même si au bout du compte jamais elle n'épousa Hannibal. Mais comme elle n'avait rien de mieux à proposer, cette solution perdura, et aujourd'hui encore je m'appelle David Hannibal.

Toi et moi sur le pont de l'Alma, notre balade du matin. Tu aimais me conduire là regarder les bateaux-mouches, face à l'embarcadère. Les saluer depuis la balustrade comme s'ils partaient pour un long voyage. La mise en scène avait de quoi te faire sourire. Tu avais grandi avec la Méditerranée, ses horizons illimités, son soleil généreux, et tu m'offrais la Seine, ses ciels pâles, ses tons verdâtres, presque marécageux. Et les averses (je ne garde cependant aucune image de toi sous la pluie. Toujours, autour de ton visage, il y a une lumière douce et dorée, la même lumière que sur cette photo).

Là, je dois avoir quatre ou cinq ans, et je porte la salopette que tous les jours tu m'obligeais à enfiler. Je me rappelle ta duplicité devant l'école, après une crise de larmes. Je t'avais dit

je n'irai pas en classe avec la salopette.
Tu m'avais alors demandé de t'attendre à l'entrée.
Je reviens vite t'apporter un pantalon
m'avais-tu promis. Et j'avais attendu, persuadé que j'allais te voir rappliquer d'un instant à l'autre à l'angle de la rue Robert-Estienne. Mais tu n'étais pas revenue. Ce jour-là, j'éprouvai une douleur nouvelle, terrible, celle de la trahison.
Observer cette photo, au contraire, c'est ressentir jusqu'à la sève mon infinie confiance quand je te prenais la main. Je crois, oui, que, main dans la main, j'aurais eu le cran de sauter avec toi. À tes côtés, peu m'aurait importé que nous fussions morts ou vivants. (Qui a pris cette photo ? Une connaissance ? Un passant ? Maman ?)

*Hannibal
X rue de la Trémoille
Paris 75008*

*À Monsieur le Président du Tribunal pour enfants
Palais de Justice
2 Boulevard du Palais
Paris 75001*

25-VII-1979

Monsieur le Président,

*Je crois de mon devoir de porter à votre connaissance les faits suivants.
Invalide de guerre à 100 %, F.F.I., croix de guerre, médaille de la Résistance ; l'obtention d'un doctorat ès lettres m'a permis de faire une belle carrière dans la presse. Hélas, avec l'âge – 57 ans – et les séquelles des blessures, je me retrouve aujourd'hui à la préretraite, mes enfants étant majeurs. J'ai*

retrouvé une indépendance et avec elle la solitude. Je vous prie de ne pas voir à travers ce « curriculum vitae » la satisfaction d'une vanité stupide, mais un préambule me semblait nécessaire à l'exposé des faits suivants que mon frère, entre autres, avocat à la Cour, me conseille de vous adresser. Voulant rompre cette solitude, au prix de mon indépendance, je décidai d'épouser Victoria P., épouse divorcée du prestigieux maître d'orchestre et compositeur Pierre Boulez. Le fait qu'elle ait eu un enfant après son divorce d'un autre musicien, Italien, ne m'arrêta pas et, le 17 août, je reconnaissais l'enfant que je voyais pour la première fois. Les bans publiés, la date du mariage était fixée au 7 septembre 1978. Tout semblait réglé. Hélas, sans attendre d'être ma femme, Victoria P. se faisait passer pour telle, téléphonant au ministère des Pensions pour savoir ce qui lui reviendrait à mon décès, à la caisse des cadres aussi... et contractant des dettes.
Je décidai donc de différer le mariage.
Depuis cette date, j'ai constaté la gravité de son état : gavée de médicaments, Victoria P. est devenue à 35 ans pratiquement grabataire, elle qui fut une des reines de Paris. Dans le magnifique appartement de sa mère, où elle habite avec le petit garçon – car sa mère Madame de Cecchi est fort riche –, ce sont scènes sur scènes. Elle jette les jouets que j'offre par la fenêtre, battant le petit et sa mère... une

sainte femme mais terrorisée qui a dû mettre ses bijoux à la banque, sa fille en ayant déjà volé quelques-uns.
Dans son immeuble on l'a surnommée la « Thénardier ».
Conscient de mes responsabilités, j'ai, chaque quinze du mois, remis à la grand-mère de Cecchi 500 frs, auxquels s'ajoutaient toujours des cadeaux. Le petit garçon se jette dans mes bras quand il me voit... presque toujours en cachette. Il tremble au seul nom de sa mère qu'il persiste à appeler « la folle ».
En vous demandant de bien vouloir pardonner d'avoir été si prolixe, voici les derniers faits dans leur brutalité :
Ce 14 juillet 1979, j'ai remis comme à l'habitude 500 frs à Madame de Cecchi auxquels j'ai ajouté 1500 frs comme quote-part à ses vacances prises avec son petit-fils, soit 2000 frs jusqu'au 15 août. Rentrée dans son appartement, elle se heurta à une furie qui lui arracha le sac et s'empara de l'argent. « Pouah, dit-elle, même pas de quoi aller à Lyon. » Et elle partit à la chasse d'un nigaud de mon espèce.
Devant ce que j'ose appeler « un détournement », en l'occurrence d'allocations alimentaires, je viens, Monsieur le Président, vous demander votre appui. Veuillez croire à ma haute considération.

Hannibal

Les mots d'Hannibal me prennent par surprise. Ils me tendent une série de tableaux que je connais intimement et que cependant il me semble contempler pour la première fois. De notre huis clos, je ne suis pas le seul témoin. Mon enfance la voici, consignée dans une photocopie pliée en huit que maman avait conservée parmi les milliers de feuilles entassées dans son chiffonnier. Après ton départ, plusieurs fois je me suis demandé *qui me croira puisque ceux qui auraient pu parler sont morts ou ont fermé les yeux ?* Les voisins savaient. Ceux qui venaient – et ils étaient quelques-uns – savaient. Mais rien ne s'était passé. Rien qui pût arrêter la folie destructrice de maman. Ce courrier lui-même était resté sans réponse. Combien de fois cette espérance : voir surgir les flics, les képis ? Qu'ils la traînent par les cheveux, qu'ils lui fassent mal, qu'ils l'emmènent loin, à l'autre bout du monde, ou en prison pour des tas d'années.
Et toi, Pià Nerina, pourquoi tu n'as rien dit ? Il y avait un commissariat à deux pas de la maison. Que

craignais-tu ? Qu'on exigeât de vérifier ton titre de propriété ? Tu aurais pu nous sauver et tu as préféré sauter. Te sacrifier, la laisser en liberté, me mettre en danger. Pourquoi ?

Déchéance morale, déchéance financière... Les locataires de ton autre appartement ne réglaient plus leur loyer, nous privant de ton unique source de revenus. Chaque jour, les noms des mauvais payeurs, *les D.*, et de votre avocat, *G.*, coupable de ne pas prendre l'affaire assez à cœur. Je mesurais la gravité de la situation à l'aune des brèves accalmies entre vous. Soudées face à la menace, maman et toi maudissiez de concert autant votre infortune que ce couple maléfique par lequel s'annonçait notre faillite. Resurgirent le spectre de ton père ruiné, le souvenir de la *baronessa* qui avait fini par dilapider son peu d'héritage.
Notre train de vie s'en ressentit. Maman fit une croix sur ses dépenses somptuaires. Ses renards argentés, ses manteaux de vison mis à l'encan. Tes bijoux aussi. On rogna sur le chauffage, le ménage, l'eau chaude. Sur les plats de chez Vignon, le traiteur de la rue Marbeuf. Ce qui était abîmé – meubles, outils, électroménager – n'était plus réparé ni changé. Des colonnes de

fourmis – qu'agenouillé je scrutais durant des heures – quadrillaient la moquette du salon. L'appartement de la folie prenait l'eau de toutes parts.

Assez vite, maman décréta que de vos malheurs j'étais la cause
depuis qu'il est là ce porte-poisse, tout va de travers !
Comme à ton habitude, tu la laissais dire. Et quand il lui arrivait de s'en prendre physiquement à moi, tu t'interposais et tu me consolais.

La colère de maman ne retombait pas. Elle continuait à démarcher les amis du crépu, des relations, un ambassadeur, et tout ce que Paris comptait d'important dans le monde de la musique. Elle voulait des témoins, disait-elle, confondre l'auteur de l'outrage dont elle prétendait avoir été la victime. Tous se dérobaient, non parce qu'ils avaient peur – le crépu, tout sicilien qu'il fût, ne faisait peur à personne – mais parce qu'ils n'avaient été témoins de rien et qu'ils n'avaient donc rien à dire. Te l'a-t-elle fait lire, cette lettre de sept pages, envoyée à Maurice F., journaliste influent dans un magazine non moins influent ?

Puis-je savoir Monsieur F. au nom de quel mépris, en fonction de quels intérêts, de quelles complicités, de quelle lâcheté vous vous refusez au témoignage que je vous ai demandé par écrit ? Pourquoi – afin de mieux justifier votre indifférence ou votre passivité – vous feignez de ne pas vous rappeler m'avoir vue avec Oreste ? Pourquoi dans un cas grave puisqu'il s'agit d'un enfant et non de moi, vous avez délibérément choisi de jouer les grands muets, au mépris de tout civisme ? Qu'Oreste agisse ainsi, quoi de vraiment anormal ? Il a le comportement de tous les sous-développés socio-économiques de la terre face à une situation comme celle-ci : il prend la fuite. Vous, Monsieur F., je le regrette, vous n'avez aucune excuse !

Et l'histoire se poursuivit ainsi, année après année, maman essayant de me dresser contre Oreste, et moi répliquant les bons jours que sa rancune ne me concernait en rien, et les mauvais que si j'avais été à la place du crépu j'eusse agi de la même façon. Alors, sur un ton offusqué, elle me reprochait de ne pas *me conduire en homme*
mieux vaut encore que tu sois pédé, faible comme tu es, les femmes te mèneront par le bout du nez !

Ce jour-là, nous marchons vers l'école. Tu tiens une valise – la mienne ? J'ai dix ans, peut-être onze. Rue de la Trémoille, peu après le bureau de poste, nous croisons X., un copain de classe. Il te voit à la peine, se précipite, se saisit du sac. Il te regarde comme je ne te regarde plus : une vieille femme à qui on ne fait pas porter son bagage. Son geste m'humilie. Il me renvoie à ma condition de gringalet, à mes bras trop maigres, et plus encore à cette faiblesse morale dont m'accuse maman. Comment ai-je pu te laisser prendre cette valise ? Ne pas penser à te dire les mots simples et évidents que X. vient de prononcer
vous n'allez pas porter ce sac, madame ?
Je ne vaux pas mieux que maman. Moi aussi je t'exploite, je profite de toi, de ta bonté. De ta trop grande indulgence. Moi aussi je te laisse crever. La honte me paralyse – ton accent, ce parfum de chair flétrie – quand tu aurais tant besoin de moi. X. traîne mon bagage et comment réagir ? Dois-je le lui prendre

des mains au risque de me ridiculiser davantage ? Car pourquoi faire maintenant ce que je n'ai pas fait tout à l'heure ? Dès lors je me résigne au choix le plus lâche : j'abandonne à ce camarade ma place de serviteur, de protecteur, cette place que toujours j'ai occupée auprès de toi. Et nous continuons ainsi, lui, toi et moi, jusqu'à l'école. Je n'ose pas te regarder ni te prendre la main.

Le lundi sept décembre mille neuf cent quatre-vingt-sept, les coups de maman ne voulaient pas seulement te faire mal. C'était dans le salon et cela a duré longtemps. De fatigue, de lassitude, parce que tu ne claquais toujours pas, elle a desserré son étreinte et est retournée dans sa chambre. Tu saignais, le nez, la bouche, tes lunettes brisées, ton dentier à terre, et cette fois-ci tu n'as pas dit
c'est pas ma fille ! Je l'ai trouvée dans la rue, pendant la guerre !
Non, tu es restée silencieuse, stoïque, comme si tout ça était normal, qu'il n'y avait pas lieu de m'inquiéter mémé.
J'ai voulu te consoler, te dorloter, mais je sentais bien que ce n'était plus pareil, je n'étais plus un enfant, je ne pouvais plus me jeter dans tes bras monter sur tes genoux te baver dessus. Même te faire jurer *tu ne le fais pas...* je n'ai pas osé
mémé.

J'allais sur mes quatorze ans et, je ne sais pas si c'est à cause de ça, ou de ma terreur, mon infinie terreur de te voir morte
mémé
ou bien à cause de la honte, de mon impuissance à te défendre, à te protéger, aujourd'hui encore je ne sais pas pourquoi j'ai prononcé ces mots, ces mots atroces, cette phrase pour laquelle il n'existe aucun pardon
mémé
car comment ai-je pu dire ça à la femme que j'aimais, la femme de quatre-vingts ans qui venait de se faire tabasser par sa fille, la femme qui avait décidé qu'avant ce soir elle sauterait, peu importât d'où, de l'immeuble ou du Claridge, oui, elle sauterait, parce que les choses n'iraient qu'en empirant, les choses je veux dire la santé mentale de maman, et j'étais assez grand à présent, et d'ailleurs n'est-ce pas ça que j'ai voulu dire quand j'ai prononcé cette foutue phrase
je ne pourrai plus m'occuper de toi comme avant mémé.

Tu n'as pas crié. Tu le voulais si fort, t'en aller, ne plus jamais la voir. Je me souviens d'un bruit sourd, de ma panique dans le couloir, de la gueule déconfite de tes

pantoufles sur le rebord de la fenêtre. D'avoir pensé à ce chat persan que tu adorais et que je n'avais pas connu, ce chat qui s'était tué en glissant de la gouttière. Je hurlai, je m'allongeai sur le carrelage, mais mes yeux restaient secs.
Qui est mort ce soir-là ? Toi ou la meilleure part de moi ?

Tes obsèques, à la paroisse Saint-Pierre-de-Chaillot, avenue Marceau : derrière maman et moi, seuls au premier rang, des centaines de bancs vides. Un prêtre a dit une messe, et je ne me rappelle pas une seule parole. L'église était sinistre, sans lumière, traversée par un vent glacial. Ses immenses voûtes lui donnaient une allure spectrale, ses murs noircis celle d'un cachot. Le poids de ma tristesse. Ma peur aussi. Comment vivre sans toi ? Qu'allais-je devenir, seul avec *la folle* ?

Je croyais ne rien connaître de toi. Ce n'était pas tout à fait vrai. Dans le chiffonier de maman, une pochette remplie de textes que j'avais écrits au début du collège : des mots pour vous prévenir d'une absence, des articles destinés au journal de l'école. L'un d'eux, sur une double feuille Clairefontaine, ressemblait à un exercice de narration du type *Racontez vos vacances*.

Mais ce n'était pas un exercice de narration. Il n'y avait ni date ni intitulé. Non, c'était un texte que j'avais commencé – probablement dans les semaines qui ont suivi ta disparition – sans autre raison que celle de recomposer ta vie, d'en laisser une trace. J'ai encore une écriture d'enfant.

C'était un jour annonçant l'hiver. Il faisait froid. Depuis trois ans, elle pensait à cela, se jeter par la fenêtre. Dépressive, fatiguée, un ras-le-bol de la vie. Cette dernière ne l'avait pas gâtée.
Elle était née à Naples le 22 octobre 1907, dans une famille de 11 enfants. Elle gardait un mauvais souvenir de son enfance. Des parents sévères et une vie pas toujours heureuse. Et puis la guerre. Elle ne m'avait pas parlé de ces événements qui marquent une vie. Elle avait quitté sa famille à 16 ans avec quelques économies. Sa sœur aînée s'était mariée. Elle économisa de l'argent. Avec cet argent elle s'installa en France dans une chambre de bonne. Elle se maria avec un homme rencontré à Paris : Mr Dupont. De cette union ils eurent une fille, V. À sa naissance, les parents divorcèrent. Elle reçut une pension. Avec celle-ci elle s'installa avenue R. La garde de l'enfant lui avait été confiée. Elle la gâta beaucoup, trop et cela allait lui coûter la vie. Plus la fille grandissait, plus elle devenait méchante, odieuse même. Traitant sa mère

comme une esclave. Des gens lui avaient dit : « elle n'en vaut pas le coup ». Mais elle gardait espoir, refusant de croire ce qu'on lui disait. Et pourtant...

Je n'avais pas continué. Que dire de plus ? Quelques détails ne sont pas exacts, mais l'essentiel y est, non ? L'adolescence commençait, les copains, les examens, bientôt les filles, les décisions importantes. Mon enfance, j'allais la mettre en sourdine. Le passé n'existerait plus, renvoyé à des temps anciens, je refuserais de me retourner vers cette existence triste et figée qui s'était soldée par un cataclysme, toi sautant par la fenêtre de la cuisine tandis que je regardais *La Prisonnière du désert* à la télévision. Seule compterait la vie, de laquelle vos querelles de bonnes femmes, vos secrets, vos obsessions surannées m'avaient éloigné. Rattraper le temps perdu, rire enfin, ne plus m'arrêter.

Très tôt, confusément, j'ai senti la présence de la mort. Elle était là, déjà serrée contre ton corps, à te murmurer des mots faciles. Tu n'étais pas très farouche, Pià Nerina. Après ton départ, la menace fondit sur moi, poings dans la gueule, coups de ceinture au milieu de la nuit. Je laissai passer trois années avant de répliquer. Ce fut bref, sévère : ta fille fut envoyée à l'hôpital, rate éclatée.

Au fil du temps, le suicide est devenu mon sujet de prédilection. Je ne compte plus les portraits de *suicidés* que j'ai écrits. Cet acte, j'ai fini par le voir comme un révélateur, celui qui donne la mesure de l'épaisseur d'un être, l'espace qui sépare ce qu'il montre – à la société, à ses proches – et ce qu'il est réellement, sa vérité.
Mon besoin de comprendre le chemin, de décortiquer la mécanique qui conduit cet être à *se donner la mort*. Peut-être parce que j'en suis incapable – je n'aurai pas ton courage. Ou pour me persuader, encore et toujours, que ton geste, tu l'avais décidé il y a très longtemps, bien avant moi.
Un geste ordinaire.

Je t'ai déjà parlé de l'appartement qu'il fallut vider, de la crasse, des odeurs, de l'état de délabrement dans lequel vivait maman. Mais je ne t'ai pas dit le pire. Des dizaines de courriers écrits de sa main et signés de mon nom. Ils avaient été adressés par huissier aux amis du crépu, à ses mécènes. Voici l'un d'eux :

Paris, le 17 décembre 1997

Madame,

Il m'a été donné d'apprendre par une amie de ma mère, qui vous est commune, mais à qui j'ai donné ma parole d'honneur de garder secrète son identité, qu'Oreste, ancien directeur artistique du théâtre XXX, était parvenu à s'immiscer dans votre cercle ; que vous l'honoriez de votre précieuse amitié et que votre généreuse hospitalité lui était accordée à chacun de ses déplacements dans la capitale et ce, depuis une vingtaine d'années.

Ce bien joli monsieur, qui se trouve être mon père naturel, fuit depuis plus de deux décennies ses responsabilités morales en jouant à cache-cache avec la justice civile.

Eu égard à cette amitié, permettez-moi de faire appel à vous, madame, à la valeur de votre pouvoir d'influence sur mon géniteur, afin de l'inciter à accomplir, enfin, son devoir d'honnête homme, après résultats de tests ADN. [...]

Je vous remercie vivement, madame, de recevoir avec bienveillance cette délicate démarche.

En vous renouvelant à l'avance l'expression, etc.

David Hannibal

Chacune de ces lettres avait été recopiée à la main à des centaines d'exemplaires, il y en avait partout, dans les tiroirs, les valises, la cave... Une infection.
Mon accablement. Cet état au-delà de la colère.
Qu'aurais-je dû faire ? La liquider ? Plus d'une fois j'y ai pensé. Je n'ai pas osé.
Quelle misère, quel vide dans sa vie pour, vingt-trois ans après ma naissance, s'adonner à ce mauvais théâtre, à ce plaisir de salir...
La folie encore, car quoi d'autre ?
La folie de maman que rien ni personne n'avait pu guérir.
La folie de maman comme le prix à payer pour les largesses de Pyrrhus. Le prix de ton ambition.
La folie de maman comme une dette de laquelle s'acquitter quand l'autre, Nerina, la fille de Bice, était morte écrasée par un camion.
La vie ne donne rien. À un bienfait répondent un jour ou l'autre une désillusion, une mauvaise affaire, un accident. Je dois être sincère avec toi, Pià Nerina : j'ai espéré la mort de maman. J'ai toujours pensé que c'était la meilleure chose qui puisse arriver. Et à présent que c'est arrivé, je le crois encore. Mais, je le sais, il y aura un prix.

J'ai attendu les derniers jours pour parler avec maman du sept décembre mille neuf cent quatre-vingt-sept. C'était à Jeanne-Garnier, un centre de soins palliatifs où elle venait d'être transférée, dans le quartier de la Convention. Elle était très fatiguée, son visage et ses bras de plus en plus maigres.

Je ne dors toujours pas, je suis insomniaque, tu le sais.
Mais tu dors le matin ?
Oui, mais ici ce n'est pas chez moi, je n'arrive pas à me laisser aller.

On était mi-septembre, il faisait beau et chaud. Mais dans la chambre les rideaux étaient tirés. Maman ne supportait pas la lumière du jour.
Je suis comme un vampire
disait-elle.
J'avais apporté du raisin, des tomates, des figues. Elle se plaignait qu'on l'avait forcée à prendre une douche

je ne vais pas me marier ! Toutes ces bonnes femmes, elles font exprès de m'emmerder !
Maman avait fini par m'attendrir.
Une mère comme toi c'est une chance quand on se rêve écrivain !
Puis j'ai repensé à ses colères, à ses appels en pleine nuit, à ses lettres d'insultes, à ses visites intempestives sur mes lieux de travail. À ses menaces et à ses chantages. Et je m'en suis voulu d'être aussi accommodant. J'ai hésité. Était-elle en état ?

Que s'est-il passé le sept décembre mille neuf cent quatre-vingt-sept ?
Ben tu le sais, maman a enjambé la fenêtre.
Non, je te parle d'avant, plus tôt dans la journée.
Plus tôt ? Je ne me souviens pas...
Tu ne te souviens pas que tu l'as rouée de coups ?
Mais non, jamais de la vie !

Je fus surpris par sa réponse, son déni.

Elle était collée au mur, et toi tu l'as boxée, tu ne t'arrêtais pas, et deux heures après elle s'est balancée.
Mais non ce n'est pas vrai.
Et moi j'ai regardé tout ça sans rien faire.
Tu ne pouvais rien faire.

Elle se défendait d'une voix lasse et désabusée. Mentait-elle ? Je restai froid, mécanique, et maman répétait *je ne me souviens pas je ne me souviens pas*. À cause de la morphine ? Des métastases ? Ou parce qu'elle avait délibérément brouillé sa mémoire ? Je n'insistai pas. Le lendemain, elle ne pouvait quasiment plus dire un mot. Le moment était passé.

Les jours précédents, elle avait parlé de toi comme le ferait une fille exemplaire. Combien elle t'aimait. Combien elle regrettait.
Je crois que ce qui arrive c'est ma punition
disait-elle.
Quand je lui ai demandé qui devait être convié à sa messe d'adieu, elle a répondu
personne !
Elle a seulement ajouté
j'aurais aimé que maman soit là mais ce n'est pas possible.

Au début de cette lettre, je t'écrivais que tu ne m'avais rien laissé. J'ai été injuste. Ta présence est bien là, ombre protectrice près de moi.

Après ton départ, quand il fallut te trouver un lieu où reposer, maman acheta une concession au cimetière Montmartre. Mais, pour des raisons financières prétendit-elle, tu n'eus pas droit à une pierre tombale. Aussi, les premières années, quand je venais te voir, ta tombe était un tas de terre où avait été plantée une croix en bois – du mauvais pin – sur laquelle, à côté de ton nom, s'étalait à la verticale l'enseigne des pompes funèbres, *Lescarcelle*. Cette signature je ne l'ai jamais oubliée, et chaque fois que je passais devant leur boutique, avenue Rachel, à l'entrée du cimetière, j'en maudissais les propriétaires et le personnel. Un jour, le dégoût fut insupportable et j'arrachai la croix. Et jusqu'à la mort de maman, durant trente-trois ans, ta tombe n'eut pas de nom. Ce fut comme une damnation, celle déjà qui avait frappé ton père Attilio.

Je t'imaginais, condamnée à errer aux Enfers tant que ce crime n'aurait pas été réparé. Je tremblais pour toi. Et puis... Ce furent d'abord quelques branches un peu foutraques, ici et là, des petites racines de rien du tout. Les années ont passé, les branches se sont consolidées, hissées, ramifiées ; un tronc est apparu, puis deux, puis trois. Et depuis tu n'as fait que grandir, et à présent tu es là, gigantesque, pleine de santé, de vigueur, tes bras démesurés, enveloppants, étendus bien au-delà du caveau où reposent tes ossements. Aussi, quand je viens te voir, je peux te serrer à nouveau contre moi, poser mes lèvres sur ta peau âpre, prier pour ton salut, celui de mon fils et de mes proches, cueillir quelques feuilles qui nous porteront bonheur. Tu as vaincu, et la mort et l'oubli, et tu trônes à présent dans le ciel de Montmartre, Paris à tes pieds. Loin de l'Hôtel de la Folie, protégée de son mauvais œil. Désormais, les jardiniers du cimetière, les familles, les promeneurs du dimanche découvriront que cet arbre immense, foisonnant, touffu comme ta chevelure bordélique, cet arbre ne ressemblant ici à aucun autre, abrite une tombe, la tienne, à laquelle j'ai enfin donné un nom.

Remerciements

À Charlotte, pour sa présence et ses conseils.

À mes relecteurs bienveillants, Anne, Dominique, Doan, Capucine.

À ma famille italienne, Barbara et Anna-Maria, Emma et Vittorio.

À l'Institut français de Naples, pour son hospitalité.

À ma détective napolitaine, Luisa.

À l'historien catalan Francesc Vilanova i Vila-Abadal.

À Hélène.

Et à mon éditeur, Adrien Bosc, pour ses encouragements et son exigence.

Crédits photographiques

Pages 20, 23, 72, 102, 133 et 173 : collection privée de l'auteur.
Page 96 : Eulàlia Pérez i Vallverdú (dir.), Mireia Capdevila i Candell, Aram Monfort i Coll et Francesc Vilanova i Vila-Abadal, *Barcelona en postguerra, 1939-1945*, Ajuntament de Barcelona/Fundació Carles Pi i Sunyer/Efadós, 2014.

RÉALISATION : NORD COMPO À VILLENEUVE-D'ASCQ
IMPRESSION : NORMANDIE ROTO IMPRESSION S.A.S À LONRAI
DÉPÔT LÉGAL : AOÛT 2023. N° 148991 (2301151)
IMPRIMÉ EN FRANCE